여자,
그림으로 행복해지다

여자,
그림으로 행복해지다

펴 낸 날 | 2010년 3월 20일 초판 1쇄

지 은 이 | 남인숙
펴 낸 이 | 이태권
펴 낸 곳 | (주)태일소담
서울시 성북구 성북동 178-2 (우)136-020
전화 | 745-8566~7 팩스 | 747-3238
e-mail | sodam@dreamsodam.co.kr
등록번호 | 제2-42호(1979년 11월 14일)
홈페이지 | www.dreamsodam.co.kr

ISBN 978-89-7381-573-9 03810

• 책 가격은 뒤표지에 있습니다.
• 잘못된 책은 구입하신 곳에서 교환해드립니다.

여자,

그림으로 행복해지다

남인숙 지음

소담출판사

차례

프롤로그

몇 년 전, 일로 런던에 갔을 때였다. 그곳에서 내셔널갤러리에 들른 목적은 관광, 그 이상도 이하도 아니었다. 좀 더 정확히 말하자면 그림을 보러 간 것이 아니라 미술관을 보러 간 셈이었다. 난 주어진 시간이 한정된 이국에서의 날들을 그림이나 보며 소일할 생각이 없었다.

유명한 그림들을 재빨리 훑어보던 내가 강력한 자장에 이끌리듯 발걸음을 멈춘 것은 다름 아닌 고흐의 〈해바라기〉 앞에서였다. 그것은 내가 교과서에서 익히 보았던 그 그림이 아니었다. 해바라기는 이글이글 불타며, 정말로 찬란하게 빛나고 있었다. 그림 앞에 선 순간 나와 그림 사이에 순간적으로 진공이 생긴 듯했고, 내 가슴속 무언가가 훅 빨려 들어가는 느낌이 들었다. 태어나서 처음 경험한 그것을 사람들이 '스탕달 신드롬'이라고 부른다는 사실을 나중에야 알았다. 어쩐지 눈물이 났고, 피로와 외로움에 지쳐 있던 몸과 마음이 나른해졌다.

그림 보는 시간을 아깝다고 생각하던 나는, 다음 해에 순전히 그림만을 보기 위해 만사 제쳐두고 유럽행 비행기에 올랐다.

나는 그림이 소수의 사람만 이해할 수 있는 것이라고 생각했었다. 소수의 엘리트가 자신들만이 알아들을 수 있는 기호로 소통하는 수상쩍은 도구라고 생각한 적도 있었다. 그런데 여행을 다니면서 수많은 명화들을 보다 보니 그림은 이해하는 사람만 누릴 수 있는 것이 아니었다. 새삼스럽지만 명화는 '의외로' 아름다웠다. 나는 그동안 기묘한 그림만이 명화로 대접받는 것이라 생각했고, 그 이유는 평생 걸려도 알 수 없을 것이라는 거리감이 있었다. 그러나 명화는 아름답기 때문에 명화였다. 거칠어 보이는 마네나 수수께끼 같은 미로처럼, 내가 꿈에도 아름답다 생각지 못했던 그림들도, 직접 만나보니 숨 막히는 특유의 아름다움이 있었다. 그 아름다움이 저마다 다른 색깔로 말을 걸어오며 내 마음의 아픔, 고통, 슬픔을 위무해주었다. 그것은 한 번의 포옹이 백 마디 위로의 말보다 많은 의미를 전해주는 것과 비슷한 것이었다. 그림에는 그런 힘이 있었다!

어느 미술관 관장님에게 어떤 그림이 좋은 그림이냐고 물은 적이 있다. 그분은 망설이지 않고 단 한마디로 대답했다.

"내가 봐서 좋은 그림이 좋은 그림입니다."

그런 마음으로 미술관에 가니 더 많은 그림들이 낯가림 없이 내게 말을 걸어왔다.

지금도 나는 뭔가에 지쳐 삶에 울림이 있는 공백을 만들고 싶을 때면 미술관으로 향한다. 그림보다는 사람 구경만 실컷 하고 오기 십상인 대형 기획 전시보다는 고즈넉하게 그림과 마주할 수 있는 작은 전시회를 찾는다. 화가가 얼마나 유명한지와는 상관없이, 누군가의 세계를 담은 그 그림들은 만날 때마다 내게 선물을 준다.

사람의 행복에 단계가 있다면 나는 그림에 마음이 열리면서 한 계단 더 올라섰다고 자신 있게 말할 수 있다. 적어도 그림에 있어서는 초등학교 졸업 당시와 별다를 바 없이 무지했던 내가 이렇다면, 누구라도 그림을 통해 좀 더 나은 삶을 살 수 있겠구나 싶었다. 나는 그림을 가르치려 들 생각은 없고 그럴 만한 깜냥도 못 된다. 그저 그림이 내게 하던 이야기를, 치유의 힘을, 필요한 사람들과 함께 나누고 싶었다.

이 책이 그 누군가에게 그림과 함께 숨 쉬고, 거기서 자신만의 이야기를 펴 올릴 수 있는 마중물이 되어주면 좋겠다. 나 혼자만 행복해지고 싶지 않다.

2010년 봄

남인숙

존 윌리엄 워터하우스 | 샬럿의 여인 | 1888, 캔버스에 유채, 153x200cm, 테이트 갤러리

때론 슬픈 예감 속에서도 나아가야만 하는 게 삶인 것을

ㅣ존 윌리엄 워터하우스 ㅣ샬럿의 여인

여기 한 여자가 있어.

태어나 처음으로 바깥세상의 흙을 밟고 배를 타는 이 여행을 위해 그녀는 자신이 짠 카펫과 촛불, 등불, 그리고 십자가를 준비했어. 세상일에 서툰 그녀가 할 수 있는 일이라고는 등불과 십자가를 배 앞머리에 단단히 묶어두고 그것들이 자신을 지켜주기를 기도하는 것뿐이었지.

폭풍을 몰고 올 듯한 흐린 하늘 너머로 날은 저물어가는데 애써 밝혀둔

촛불은 무력하게 꺼져가고, 그녀가 도착해야 할 곳은 아직 멀기만 했어.

스스로를 달래기 위해 노래를 하지만 몸에서 점점 기운이 빠져나가는 걸 그녀 자신도 느끼고 있었지.

—그 사람을 단 한 번만이라도 만나보고 싶어. 신이시여, 저를 도와주세요.

신이 이미 자신을 버렸다는 것을 알면서도 그녀는 필사적으로 매달리고 있어. 절망이 엄습해오지만, 이 길을 떠나온 것을 후회하진 않아. 처음으로 그녀 자신이 한 선택이었으니까.

이 그림은 영국 시인 테니슨의 시 〈샬럿의 여인〉 속 이야기를 담고 있어.

샬럿 성주의 딸 일레인은 저주로 인해 태어난 이후로 줄곧 자신의 방에 갇혀 지내야 했어. 외출도, 바깥을 내다보는 것도 금지되어 있었지. 방에 걸린 마법의 거울에 비친 세상을 구경하면서 그 풍경을 벽걸이 카펫에 수놓는 게 유일한 낙이었어.

그러던 어느 날, 일레인은 거울로 아서왕의 오른팔인 기사 랜슬럿을 보게 되었고, 다시는 자신의 눈 속에서 그의 모습을 지울 수 없게 되어버렸어. 거울에 비친 랜슬럿의 형상을 보는 것만으로는 만족할 수 없었던 그녀는 금기를 깨고 성을 뛰쳐나와 홀로 배에 올랐어. 오직 그를 만나보고 싶다는 생각 하나만으로. 그러나 배가 캐밀롯에 닿았을 때, 그녀의 숨은 이미 끊어져 있었대.

런던의 테이트 갤러리에서 이 그림을 보았을 때 나는 깜짝 놀랐어. 예상했던 것보다 훨씬 아름답고 처연한 그림이었거든. 화집에서는 눈여겨보지 못했던 작은 소품, 손의 표정까지도 그림 속 여인의 심정을 세심하게 드러내고 있었지. 특히 뱃머리에 어설프게 동여맨 등불과 켜놓으나 마나인 촛불을 애써 세워둔 걸 보고는 왈칵 눈물이 나올 뻔했어. 다급한 마음으로 급조한 저 물건들에 의지해 죽음의 강을 건넜을 그녀가 얼마나 안쓰러웠는지 몰라.

물론 한편으로는 이런 생각도 들었지. 꼭 떠나야만 했나? 죽을지도 모른다는 걸 뻔히 알면서도?

아마 그녀는 그래야만 했을 거야.

그녀는 이제까지 의미 없는 삶을 살았어. 그러면서도 그렇다는 사실조차 몰랐지. 사랑을 하고 나서야 그 '의미'라는 것의 존재를 깨닫게 된 거야. 더는 이전과 같은 삶을 살 수 없게 되어버린 거지. 어쩌면 그녀가 찾아 나선 것은 랜슬럿이라는 구체적인 대상이 아닌, 좀 더 추상적인 것이었을지도 몰라. 사랑, 의지, 자유, 꿈 같은.

살다 보면 때로 미치지 않고서야 할 수 없는 선택을 하게 될 때가 있어. 설령 네가 지금 어쩌다 타게 된 위태로운 조각배 위에서 어쩔 줄 모르고 있다 해도 너 자신을 미워하진 말기를. 떨리는 손으로 키를 잡고, 울면서 홀로 뱃길을 나서보지 않은 사람은 삶의 물결에서 의미를 읽어낼 수가 없는걸.

우리보다 앞선 시대를 산 많은 사람들이 샬럿의 여인을 숙명에 순종하지 않은 어리석은 욕망의 화신으로 보았지. 하지만 너는 방 안에 갇혀 벽걸이 카펫이나 짜면서 늙어갈 수 있는 사람이 아니잖아. 제아무리 신기한 마법의 거울이라도 네 두 눈으로 세상을 볼 수 없게 한다면 망설임 없이 깨버릴 수 있는 게 너잖아. 넌 삶 자체보다도 삶의 의미가 중요하다는 걸 알아버린 마녀야.

두렵더라도 이 순간, 그냥 숨을 깊이 들이쉬어 봐. 난생처음 마셔본 물머금은 공기, 귀밑머리를 간지럽히는 바람, 갈대 스치는 소리, 낯선 풀벌레들이 우는 소리…… 그 속에 있는 게 바로 너야.

고독 속에서 휴식을 찾다

ㅣ앙드레 브리에 ㅣ호숫가의 벤치

가족을 잃은 어린 소년이 있었어. 본래 조용한 성격의 소년은 혼자가 되고 나서 더욱 굳게 입을 닫았지. 하지만 가진 게 없는 사람이 무사히 생존하기 위해서는, 비록 거짓일지라도 세상과 소통하는 법을 배워야 하거든. 스스로 사랑받는 법을 알아내지 못한 소년은 끝내 양부모에게도 버림받고 고아원으로 가게 되었어.

소년은 알 수가 없었어. 왜 늘 소통을 강요받아야 하는지, 이렇게 지독

앙드레 브리에 | 호숫가의 벤치 | 실크스크린, 63.5×65cm

히 외로운데도 왜 진짜로 혼자일 수는 없는지…….

그러다 소년은 그림을 그리기 시작했어. 어디에도 사람의 그림자가 없는 아름다운 그림들을 그렸지. 그림 속 풍경에서 홀로 자유롭게 거닐면서 소년은 피로하고 상처받은 마음을 조금씩 치료할 수 있었어.

그런데 그렇게 그린 소년의 그림을 좋아하는 사람들이 하나둘 늘어나기 시작했어. 어느덧 소년은 유명한 화가가 되어 있었지. 소년은 그제야 자신과 같은 외로움을 지니고 사는 사람들이 생각보다 많다는 걸 알게 되었어. 그리고 뒤늦게 세상과 소통하기 시작했지.

온전한 고독이 타인과 소통하는 법을 깨닫게 해준 거야.

그림을 보다 보면 그림 속 무언가를 밖으로 불러내고 싶은 그림이 있는가 하면, 내가 그 안으로 들어가고 싶은 그림도 있어. 프랑스 판화가 앙드레 브리에의 작품은 꼭 후자의 경우야. 정말 마음을 쉬고 싶을 때, 그의 판화 속으로 들어가고 싶어지지. 그도 그럴 것이 신인상파의 점묘화를 꼭 닮은 곱고 평화로운 색감의 풍경들 속에는 반드시 내가 들어가 쉴 수 있는 자리가 있거든.

이 그림을 봐. 잔물결 하나 일지 않는 호숫가에 빈 의자 하나가 나를 위해 놓여 있잖아. 이 의자 위에 맵시 있는 아가씨라도 한 명 앉아 있었다면 난 그녀를 부러워할 뿐, 그 휴식이 완전히 내 것은 아닐 거야. 거기 앉아 있는 그녀가 바로 나라고 애써 생각할 수도 있겠지만, 너무나 지친 사람들에게는 감정이입조차 노동이라는 걸, 아는 사람은 다 알지.

더군다나 내가 저 의자에 앉는다 해도 부담스러운 시선을 받을 일은 없을 것 같아. 그림의 주인공은 그저 푸른색인 듯하면서도 자세히 보면 다양한 색깔을 지닌 '물'일 뿐, 의자에 앉게 될 내가 아니거든.

이 풍경이 사람의 호흡마저 허락하지 않는 완벽하게 정적인 공간이면서도 결코 차가워 보이지는 않는 건, 고독을 사랑하는 화가의 마음 때문일 거야. 세상과의 소통이 산처럼 무겁게 다가올 때, 나를 스치고 지나가는 사람들이 하나같이 꼴 보기 싫을 때, 그래서 나 자신조차 외면하고 싶어질 때, 이 그림 속으로 들어가 저 의자에 앉아 쉬다 오렴.

소통의 시작이 실은 순수한 고독일 수도 있다는 걸 알려준 예쁜 그림 한 점, 너에게 선물한다.

누군가를 한없이 기다리고 싶은 날

|장 베로 |기다림

지구상에 나 혼자 남겨진 것 같은 기분이 들던 어느 하루, 더는 탁한 실내 공기를 견뎌낼 수 없었던 나는 무작정 버스를 타고 길을 나서 대학로에 내렸어. 그러고는 마로니에 공원 벤치에 자판기 커피를 뽑아 들고 앉아 사람들을 구경했지.

90년대 초의 그곳은 지금과 많이 달랐어. 통기타를 치며 노래를 부르는 대학생들, 유모차를 끌고 나온 젊은 엄마들, 연인들이 한데 어우러져 따

장 베로 | 기다림 | 캔버스에 유채, 56x39.5cm, 오르세 미술관

뜻하고 한가로운 풍경을 만들어내고 있었어. 그곳에서 혼자인 사람은 나밖에 없었지. 그렇게 한참을 있는데 누군가 아는 얼굴이 지나가는 게 보이는 거야. 오랫동안 만나지 못한 동창이었어. 어처구니없게도 나는 그리 친한 사이도 아니었던 그가 말할 수 없이 반가웠어. 마치 그를 기다리고 있었던 것처럼.

"누구랑 약속 있어?"

그의 물음에 나는 잠깐 망설이다가 그렇다고 대답했어. 그가 스쳐 간 후, 나는 정말로 누군가를 기다리는 것 같은 기분이 되었어. 당연하게도 그곳을 떠날 때까지 아무도 내게 도착하지 않았지. 하지만 그 뒤로 나는 무언가에 이끌리듯 자주 그곳에 나가 해바라기를 하며 끊임없이 무언가를 기다렸어. 그건 한 번쯤 마주치고 싶은 옛 애인이거나 만 원짜리를 줍는 행운일 수도, 도무지 어떻게 살아가야 할지 모르겠는 나 자신일 수도 있었지.

그 기다림 속에서 나는 차차 외로움에 의연해지는 법을 배우게 되었어. 모호한 설렘 속에서 홀로 바라보는 삶의 풍경들은 누군가와 함께일 때는 결코 볼 수 없을 무언가를 보여주거든. 때로 사람에게는 만나게 될 대상보다 기다림 자체가 필요한 건가 봐.

이 그림은 무채색의 차분한 색조를 통해 기다리는 이의 화사한 기분을 드러내주는 듯해. 흰빛 가득한 거리에서 검은 옷을 입어 더 돋보이는 여인은 누군가를 기다리고 있어. 아마도 저만치 검은 점으로 보이는 신사가 기다림의 대상인 듯, 그쪽을 향해 걸어가려는 자세야. 그녀의 설렘과 긴장이 평화로운 배경 안에서 조용히 도드라져 보여.

잔뜩 멋을 내 차려입은 그녀는 화면의 한쪽으로 치우쳐 있고, 그림의 중요한 공간을 차지하는 건 그녀와 신사 사이의 빈 거리야. 그가 그녀에게 다가오기 위해 좁혀야 할 공간, 즉 기다림이 이 그림의 주인공인 셈이지. 적어도 이 그림 안에서는 절대로 없어지지 않을 여백 그 자체를, 화가는 간직하고 싶었던 것 같아.

살다 보면 무언가를 기다리고 싶을 때가 있잖아. 좋은 사람, 좋은 순간, 좋은 기분……. 막상 만날 때보다 기다릴 때가 좋은 경우도 많아. 그래서 종종 그 기다림이 길어지기를 바랄 때도 있어. 그 짧은 순간을 영원의 시간으로 늘리고 싶은 욕망 때문에 이 그림이 그려진 것이라 생각하며 오래전 마로니에 공원의 풍경을 떠올린 건, 나의 부질없던 기다림과 화가의 마음이 무관하지 않아서일 테지.

내가 약속도 없이 누군가를 기다린 건 끝내 아무도 오지 않을 것임을 알기 때문이었어. 그러니까 난 마음껏 기다림을 누릴 수 있는 기회를 나 자신에게 주고 싶었던 거야. 그림 속 여인은 저렇게 영원히 외로운 채로 있겠지만, 대신 영원히 짜릿한 기다림의 순간에 머물겠지.

혼자인 때가 없다면 가슴 벅차는 만남도 없어. 지독한 이 외로움을 설레는 기다림으로 생각한다면, 누군가 혹은 무언가가 나타나줄 때까지 또 다른 행복을 누리면서 살 수 있을 거야. 그래서 나, 오늘도 무언가를 기다려.

에드바르트 뭉크 | 생클루의 밤 | 1890, 캔버스에 유채, 64.5×54cm, 노르웨이 국립미술관

잠 못 드는 밤을
파랗게 지새워본 적 있나요

|에드바르트 뭉크 |생클루의 밤

함께 일을 하던 그의 살집이 부쩍 좋아졌어. 그렇지만 건강이 좋아 보이는 건 아니었지. 눈은 항상 벌겋게 충혈돼 있고, 늘 피곤해 보였어. 그런데도 그는 살을 빼야겠다며 스포츠센터 회원증을 끊고 지쳐 쓰러질 때까지 뛰었지. 그러나 애쓰는 보람도 없이 날이 갈수록 그의 몸은 더 육중해져 갔어.

나중에야 나는 그가 불면증에 시달리고 있다는 걸 알게 되었어. 불확실

한 미래와 그로 인해 곁을 떠난 연인 탓이었지. 그는 잠을 자기 위해 매일 야식을 먹고, 피곤에 곯아떨어지기 위해 운동을 했어. 하지만 생각할 게 너무 많은 그는 자신의 생각에 부대껴 잠들지 못했어.

"그래도 살아야지 어쩌겠어요."

쓸쓸히 웃던 그의 얼굴에서 당장은 어찌할 수 없는 영혼 깊이까지의 피로가 보였어. 그래, 그의 말대로 뭘 어쩌겠어. 시간이 지나야만 어찌 되는, 그런 일이었던 것인데……. 그는 지금쯤 놓여났을까, 그를 잠 못 들게 하던 무거운 생각의 짐에서.

도무지 어찌할 수 없는 고민거리 때문에, 상처 때문에, 미움 때문에 아무리 잠을 청해도 잘 수 없는 밤을 보내본 적 있어?

깊은 밤, 오랫동안 눈을 뜨고 있으면서 사물이 어둠 속에서 점차 윤곽을 잡아가는 걸 본 적이 있는 사람은 알 거야. 뭉크의 이 그림에서처럼 밤이 푸른색이라는 걸. 의식이 또렷하긴 하지만 두통 때문에 제대로 된 생각을 할 수도 없고, 잠 쪽으로 조금 다가갈까 싶으면 내처 달려드는 짐스러운 잡념들 때문에 화들짝 깨게 되는 그런 밤은 정말 창백한 푸른색이야.

이 그림에서는 무슨 이유에선지 잠 못 드는 남자가 창밖 멀리 떠가는 배를 바라보고 있어. 달이 기울고 있는 걸로 봐서 이 남자는 밤을 홀딱 새우고 새벽을 맞기 직전인 듯해. 생명의 기척이 없는 시간을 오랫동안 괴로워하다 멀리서나마 깨어 움직이는 배를 보고 반가움을 느낀 것일지도 몰라. 정장에 모자까지 갖춰 입은 이 남자는 무슨 생각에 부대껴 밤잠을 통째로 잃어버린 것일까?

온 세상이 모조리 잠에 빠지고 나만 홀로 깨어 있는 듯한 불면의 밤에 이 그림 속 남자를 떠올린다면 위로가 될 것 같아. 세상 어딘가에 나처럼 까만 밤을 파랗게 지새우는 누군가가 또 있구나 하는 안도감.

이 그림은 고통을 감싸주지는 못하지만 고통 가운데서 숨을 쉴 수 있게 해줘. 그래서 쉬 몸을 누이지 못하는 예민한 영혼을 가진 너에게 이 그림을 보여주고 싶어.

한숨 소리가 번져 나오는 것 같은 이 그림이 너에게 작은 호흡이 되기를.

존 싱어 사전트 | 카프리의 계단 | 1878, 캔버스에 유채, 80.01x44.45cm, 공공 컬렉션

내 삶의 계단에는 흰색을 칠해주세요

|존 싱어 사전트 |카프리의 계단

그는 귀가 잘 들리지 않아. 태어나면서부터 그랬대. 그런 그가 세상 사람들이 부러워할 만한 위치에 오른 것을 보고는 누구나 감탄을 했어. 하지만 감탄 뒤에는 그런 업적을 이루기까지 그가 얼마나 고통스러웠을까 하는 동정이 깔려 있었지. 그를 존경하면서도 그렇게 살 자신은 없다고 생각하는 사람이 대부분이었어.

"힘든 시절을 어떻게 견디셨어요?"

누군가 그렇게 묻자 그는 이렇게 대답했어.

"왜 제가 과거를 '견뎠다'고 생각하시죠? 지금만은 못하겠지만, 그 시절도 나름대로 즐거웠어요."

그림을 가득 채운 기나긴 계단. 그 끝에 무엇이 있는지는 알 수가 없고, 나무와 하늘 한 점이 보일 뿐이야. 부러 올라갈 생각은 들지 않지만 이곳이 목적한 곳으로 통하는 지름길이라면 까짓것 못 오를 건 없을 것 같아. 계단이라면 질색하는 나조차 이곳을 오를 만하다 보는 건, 옆이 꽉 막힌 좁은 공간까지 햇살을 끌어 들이는 저 흰 빛깔 때문일 거야.

내 삶이 가파르거나 완만한 계단의 연속이라면, 이 그림 같은 흰빛으로 칠하고 싶어. 가끔은 지쳐서 계단에 주저앉기도 하겠지만, 그때마다 조용히 숨을 고르며 시원한 바람을 쏘일 거야. 그러면서 계단을 오르는 일은 힘들지만 즐거운 일이라고 생각하겠지.

계단 너머의 알 수 없는 세계가 아무리 찬란하다 해도 검은 이끼로 뒤덮인 어두운 계단은 싫어. 중력을 거슬러 계단을 올라야 한다는 당위를 거부할 수 없다면, 적어도 눈부신 흰 페인트를 칠해 오르는 내 발걸음을 일일이 기쁘게 하고 싶어. 삶의 계단은 길고도 길잖아. 오르는 일이 행복하지 않다면 끝까지 오를 수 없을 거야. 어쩌면 삶의 의미는 계단 끝 천상의 장소보다 계단 자체에 있을지도 몰라. 그래서 아름다운 계단을 보면 늘 이렇게 가슴이 뛰는 것일지도.

가끔씩 생각해. 이런 풍경이 그림 속 지중해에만 있는 건 아니라고. 지금 숨을 헐떡이며 한 발짝씩 걸음을 옮기는 나나 너의 발밑에 있는 것도 온통 빛으로 가득한 카프리 섬의 계단이라고 말이야.

프레더릭 헨드릭 캐머러 | 말다툼 | 캔버스에 유채, 50.2×76.2cm, 개인 소장

세상 모든 아픔이
그저 한바탕 말다툼일 뿐이라면

|프레데릭 헨드릭 캐머러 |말다툼

뷔페식 식당에 갔을 때였어. 바로 옆자리에는 젊은 남녀 한 쌍이 있었는데, 여자는 무슨 속상한 일이 있는지 음식에는 손도 대지 않은 채 내내 손바닥으로 얼굴을 가리고 있었지. 맞은편에 위축된 채 앉아 있던 남자는 여자에게 몇 마디 건네보더니, 이렇다 할 답이 없자 잔뜩 담아 온 음식들을 산을 깎듯 먹기 시작하는 거야. 이럴 때 어떻게 처신해야 할지 몰라 그렇게 먹기만 하는 게 틀림없었어.

여자는 가끔 벌린 손가락 사이로 남자의 동정을 살피면서 소리 없이 울었어. 한참을 먹고 마침내 더 먹을 수 없을 만큼 배가 부른 남자는 그제야 할 수 없이 여자의 옆자리로 건너가 이러쿵저러쿵 달래는 말을 건넸지.

여자의 얼굴에는 슬픔이 가득했고, 그녀 자신은 분명 지옥에 들어와 있다고 여길 터였지만, 본의 아니게 옆에서 그 모습을 지켜본 우리 일행은 웃음을 참느라 혼났지 뭐야. 왜 하필 그 나름의 심각한 이야기를 하러 시장 바닥만큼이나 정신없는 뷔페식당에 왔는지, 왜 여자는 머릿수로 돈을 받는 이곳에 와서 포크에는 손도 안 대고 남자에게 시위를 하고 있는지 이해할 수 없었지만, 저 '쇼'의 원인이 아주 사소한 일일 거라는 건 짐작할 수 있었어.

모르긴 해도 그들은 식당을 나가기 전에 화해했을 거야. 연인들의 말다툼이라는 게 원래 그런 거니까.

이 그림을 처음 봤을 때 난 사랑의 비극을 그린 그림이구나 했어. 남녀가 함께 있고, 여자는 서럽게 울고 있잖아. 그러다가 제목을 봤는데, 그게 〈말다툼〉인 거야. 같은 그림인데도 그림 속 공기가 돌연 달라지는 게 느

껴졌지. 그제야 벤치 뒤에 화사하게 핀 꽃도, 여인 옆에 놓인 앙증맞은 분홍색 가방도, 젊은 남자의 당황한 표정도 눈에 들어왔어. 어딜 봐도 연인을 위협하는 암울한 암시는 없었어. 비극이 희극으로 바뀌는 극적인 순간이었어.

이건 한마디로 '사랑싸움'이야. 둘은 무언가 사소한 일로 티격태격했고, 그러다 여자가 왈칵 울음을 터뜨렸어. 어쩌면 연기일지도 모르지만 남자를 당황하게 하는 데는 성공했어. 보나마나 남자는 속으로 이렇게 중얼거리고 있을 거야.

—어, 갑자기 왜 울어? 젠장, 이제 어떻게 해야 하지?

다음 수순은 뻔하지. 남자의 항복으로 연인들은 아마 화해를 할 거야.

얼마나 다행이야. 두 사람이 로미오와 줄리엣, 혹은 트리스탄과 이졸데 같은 사랑의 희생양이 아니어서.

문득, 그림이 제목 하나에 따라 이렇게 다르게 해석될 수 있구나 하는 생각이 들었어. 그림은 제목 붙이기 나름이고 제목은 화가가 보여주고자 한 세계의 단초니까. 그래서 난 〈무제〉라는 팻말이 붙은 그림은 불친절하고 무책임한 것 같아서 싫어. 만약 이 그림의 제목이 〈이루어질 수 없는 사랑〉쯤이었다면, 같은 그림이어도 전혀 다른 방향으로 해석됐을 거야. 〈이루어질 수 없는 사랑〉이라는 제목 아래에서 여자의 눈물은 '비극'이지만, 〈말다툼〉이라는 제목 아래에서는 '소동'일 뿐이잖아.

그동안 나는 내 삶의 장면에 어떤 제목을 붙여왔을까? 혹여 심각하고 비극적인 제목을 붙였다면 이제라도 고쳐 부를래. 실직의 순간에는 〈절망〉 대신 〈또 다른 시작〉, 이별의 순간에는 〈비애〉 대신 〈사랑 레슨 1장 끝〉, 억울한 비난을 받던 순간에는 〈모멸〉 대신 〈강심장 트레이닝〉을!

나를 힘들게 하는 모든 일을 비극에서 한바탕 소동으로 바꾸어버리는 힘이 신에게만 있는 건 아닌 것 같아.

사랑, 나도 모르는 내 마음

ㅣ부그로 ㅣ큐피드에 맞서는 소녀

그 사람을 처음 봤을 때 나를 향해 웃는 모습이 참 좋았어. 아주 착해 보이는 웃음이었거든. 하지만 그 사람과 사랑에 빠지고 싶지는 않았어. 내가 전부터 '이런 사람이면 좋겠어' 하고 생각했던 것과 정확히 반대인 모든 요소를 가진 사람이었으니까. 난 후회하기 싫었고, 소모적인 이별 과정을 감내하고 싶지도 않았어.

그래서 거듭된 만남 속에서도 마음의 빗장을 단단히 걸어 잠갔지. 좋

부그로 I 큐피드에 맞서는 소녀 I ca.1880, 캔버스에 유채, 79.3×54.9cm, 게티 미술관

아한다는 말을 들어도 모른 척하면서, 매일 언제 어떻게 헤어질지 궁리했어. 그건 나한테 전쟁과도 같은 시간이었어. 아무도 모르는 내 안의 전쟁.

하지만 순조롭게 이길 줄 알았던 전쟁은 쉬 끝나주지 않았어. 아군이라고 믿었던 내 마음이 알고 보니 내 편이 아니더라고. 적과 작당해서 싸우는 척만 하는 순 엉터리였지.

난 꼴 좋게 지고 말았고, 사랑에 빠졌어.

'역사상 사람을 가장 잘 그리는 화가'라고 불리는 부그로의 〈큐피드에 맞서는 소녀〉는 십 수년 전 내 안에서 일어났던 전쟁을 그대로 묘사하고 있어. 큐피드는 소녀의 가슴에 사랑의 화살을 꽂으려 하고, 소녀는 그런 큐피드를 밀쳐내고 있지. 그런데 그 다툼이 치열하기는커녕 장난 같아 보여. 큐피드는 어린 소녀의 악력으로도 충분히 막을 수 있을 만큼 연약하지만, 소녀는 그를 정말로 내칠 마음이 없는 모양이야. 아니, 오히려 몸에 부드럽게 감겨 오는 꼬마 신(神)의 귀여운 억지를 즐기는 것처럼 보이지.

소녀는 알고 있는 거야. 머지않아 요 뺀뺀스러운 꼬마의 화살에 자신의 심장을 내어주게 될 거라는 걸. 그리고 포기하는 순간 살을 파고들 화살촉이 실은 말할 수 없는 쾌감을 선사할 거라는 것도. 지금 소녀에게 필요한 건 나중에 후회할 자신에게 들이밀 수 있는 변명이야.

'난 할 만큼 했어. 충분히 저항했다고. 하지만 어쩔 수 없었어. 내 탓이 아니야.'

사랑의 신을 찬란한 금빛 투구로 무장한 전사의 모습이 아닌 화살통 하나 달랑 걸머진 무력한 아기로 설정한 그리스인들은 사랑에 대해 뭘 좀 아는 사람들이야. 턱도 없는 요구를 아무렇지도 않게 하는 아기처럼, 사랑은 천진한 얼굴로 별 근거도 없이 사람 마음을 설득시키고 말지. 사랑에 빠져서는 안 되는 백 가지도 넘는 이유가 있다 해도 어쩔 수 없어. 그 꼬마는 너무나 강력해서 당할 재간이 없다니까.

그러니 너도 사랑에 빠져버린 너 자신에게 조금만 관대해져 봐. 결코 바보만 어리석은 사랑에 빠지는 건 아니야.

어쩌면 우리가 할 수 있는 건 화살에 맞지 않으려고 애쓰는 게 아니라, 화살에 맞은 상처가 덧나 우리 생을 흔들지 않도록 조심하는 것뿐일 거야. 사랑 자체보다 나 자신을 사랑하는 것, 그게 큐피드가 발라놓은 묘약이 독이 되지 않도록 중화시키는 유일한 해독제 아닐까.

마르크 샤갈 | 라일락 속의 연인들 | 1930, 캔버스에 유채, 128x87cm, 리처드 자이슬러 컬렉션

누구 나와 함께
꽃 위에 누우실 이 없나요

ㅣ마르크 샤갈 ㅣ라일락 속의 연인들

비텝스크. 스물두 살의 그가 일 년 만에 돌아온 고향이었어. 그러나 가난한 유태인 집안에서 자란 그에게 그곳은 그리 좋은 추억의 장소가 아니었지. 여전히 사막과 같은 막막함과 지루함이 가득한 곳이라고 느끼던 어느 날이었어.

그의 앞에 천사가 나타난 거야. 이름은 벨라. 친구 집에 놀러 갔다가 마주친 친구의 친구였지. 고작 열세 살인 어린 소녀가 아픈 기억투성이인

고향 도시를 순식간에 꽃향기 흩날리는 천국으로 변하게 할 줄이야! 그는 자신의 생이 시작되기 이전부터 그 소녀를 신부로 맞을 운명이었다고 생각했어.

그는 6년을 기다렸어. 그리고 아름다운 처녀가 된 벨라에게 청혼했지.

—전 항상 화가와의 결혼을 꿈꿔왔어요. 그 화가는 꼭 마음으로 그림을 그리는 사람이어야만 하죠.

그건 그와 똑 맞는 그녀만의 결혼 승낙이었어.

그 후로 그녀가 먼저 세상을 떠나기 전까지 30년 동안, 그는 그녀와 함께한 꿈결 같은 삶을 그림으로 그렸어. 그녀와 함께라면 하늘을 날 수도 있고, 동물과 대화할 수도 있고, 천사와 만날 수도 있었지. 그는 그림 소재를 찾기 위해 골몰할 필요가 없었어. 그저 그녀와 함께 꾼 꿈을 그리기만 하면 됐으니까. 그의 그림은 세상 사람들에게도 인정을 받았지. 메츠 대성당이나 파리 오페라 극장 같은 유서 깊은 건축물을 장식할 그림을 그려달라는 부탁을 받을 정도였어. 하지만 그의 진짜 재능은 한 여자와 30년 동안이나 꿈을 꿀 수 있었다는 것, 바로 그것이었어.

꿈에 빛깔이 있다면 꼭 샤갈이 그린 그림과 같지 않을까?

이 그림도 영롱하게 고인 꿈을 붓으로 찍어 슥슥 그린 것만 같아. 화병에 꽂힌 부케와도 같은 탐스러운 나무 위에 연인들이 풍선처럼 걸려 잠을 자고 있어. 실제로는 뾰족한 잔가지들 때문에 잠시 걸터앉아 있기도 불편할 나무 위가 마치 구름 위인 양 폭 파묻혀 있지. 하긴, 사랑에 빠진 연인들에게 포근하지 않을 장소가 어디 있겠어? 그들은 중력 따위에 영향을 받지 않는걸. 그가 연인과 꾸는 꿈에서 자연법칙 같은 건 아무것도 아니야. 그림 속 달을 봐. 연인보다도, 연인들을 감싼 꽃나무보다도 저만치 아래에 있잖아.

어쩌면 그는 아내와 함께 침대에 누워 잠을 청하는 동안, 이 그림 속 풍경과 같은 기분을 느꼈던 게 아닐까.

하지만 내가 이 그림을 좋아하는 건 사랑에 빠진 연인의 마음을 잘 표현해서만은 아니야. 이 그림은 마음에 자유를 줘. 내 멋대로 꿈꾸고, 내 멋대로 사랑하고, 내 멋대로 상상하는 자유를. 그런데 그 자유분방함은 야생마처럼 거친 게 아니라 어린아이처럼 천진난만한 쪽이야.

그래서인지 이 그림은 질 좋은 로제 와인 같아. 첫맛이 가볍고 달콤하면서도 다 마시고 나면 의미 있는 향기가 남는. 내가 모르는 어느 와인바에 이 그림이 걸려 있다고 해도 전혀 이상한 일은 아닐 거야.

이 달콤한 작업 속을 혼자 유영하지 않고 꼭 아내를 동반한 샤갈은 당대 최고의 남편감이야. 그들이 백년해로하지 못한 건 신이 우리가 생각하는 것보다는 공평하기 때문 아닐까.

거울 속의 나,
내가 알고 있는 나

|비제 르브룅 |자화상

문화센터에서 새로 강의를 듣게 되었을 때 일이야. 그 수업에서 대표를 맡은 사람이 수첩을 들고 와 내 이름과 연락처를 물었어. 내 것을 적으면서 보니 다른 사람들의 인적 사항 뒤에 각각 간단한 메모가 되어 있는 거야.

'키 큰', '안경 쓴', '눈 큰', '마른'…….

수강생들의 얼굴과 이름을 같이 외기 위한 나름의 방법인 것 같았어. 내 이름을 적어 가는 그녀를 보며 내 이름 뒤에는 어떤 수식어가 붙게 될까 몹시 궁금해졌지. 나중에 슬쩍 보니 나는 '머리 긴'이었어.

문득, 내 개성은 뭘까 하는 생각을 하게 됐어. 나를 다른 사람과 구분해 주는 게 뭘까? 내가 긴 머리를 짧게 자르더라도, 다른 시간과 장소에서 저 사람은 내가 나란 걸 알아볼 수 있을까?

무엇보다 나는 나 자신을 잘 알고나 있는 건지 궁금해졌어.

신고전주의 화가 비제 르브룅은 몇 년에 한 번씩 자화상을 그렸어. 놀라운 미모를 지녔으니 스스로를 모델로 삼는 것도 충분히 의미 있고 즐거운 일이었을 거야.

첫 번째 그림은 그녀가 스물여섯 살에 그린 자화상이고, 두 번째는 마흔다섯 살에 그린 거야. 중년의 자화상에 주름 같은 노화의 흔적을 그려 넣지 않았는데도 20년이란 세월의 흐름이 느껴지는 게 흥미로워.

이슬 맺힌 꽃봉오리 같은 20대의 그녀는 해맑은 아름다움을 지녔어. 그런데 아무리 들여다봐도 40대의 그녀가 더 매력적이야. 40대의 그녀는 자기 자신을 너무나도 잘 이해하는 듯한 표정이거든.

비제 르브룅 ㅣ 자화상 ㅣ c.1781, 캔버스에 유채, 64.8x54cm, 킴벨 미술관

자화상 | 1800, 캔버스에 유채, 78.5x68cm, 에르미타주 박물관

귓불까지 가릴 정도로 목선이 높은 옷 덕분에 턱선이 약한 얼굴의 단점은 물론이고 세월의 흔적을 숨길 수 없는 목주름까지 자연스레 가려진다는 걸 눈치챈 건 나뿐일까? 중년의 그녀는 자신의 얼굴이 지닌 장단점을 분명히 알고 있었어. 하지만 그녀가 교묘한 눈속임으로 스스로를 미화시키고 그에 도취된 나르시스트라고는 생각하지 않아. 그녀는 세월이 흐르면서 더 깊어진 눈동자와 삶을 더 잘 이해하게 된 현명한 표정을 자랑스레 그림에 담고 싶었을 거야. 그리고 그 의도는 성공한 것 같아. 나 역시 이 그림을 보고 나이가 드는 것도 나쁘지만은 않겠다는 생각을 하게 되었으니.

나이가 들수록 20대의 자화상에서 보는 것 같은 풋풋함이 사라지는 건 자명한 일이야. 하지만 표정과 자세가 자연스러운 40대의 자화상에서처럼, 여자의 아름다움은 젊음이 지나간 자리에서 새로운 국면을 맞는 듯해. 자신과 삶을 이해하고 수용하게 된 사람만이 누릴 수 있는 현명함은 얼굴에 또렷한 음영을 남기며 그윽한 아름다움을 내뿜는 거야.

하지만 그녀의 저 부러운 얼굴도 거저 얻은 것은 아니겠지. 지금의 내가 겪는 아픔이나 불안, 걱정 같은 것들을 극복하고 종국에는 품게 되는 것이, 바로 저런 얼굴을 만들어나가는 과정임을 알겠어.

마흔다섯. 그 나이에는 나도 스스로를 그려보고 싶을 만한, 그런 얼굴이 되어 있기를.

마음에 화장을 하고 싶은 날

|프레더릭 칼 프리스크 |무대에 오르기 전

처음으로 내 화장대를 사러 나섰을 때였어. 늘 욕실이나 책상 앞에서 화장을 하던 나는 가슴이 다 두근거렸지. 몇 십 분째 구경만 하고 좀처럼 물건을 사려 들지 않는 내게 가구점 점원은 거울이 달린 서랍장을 추천해 주었어. 화장대와 수납장을 겸할 수 있어서 실용적이라나. 난 싫다고 했지. 다리가 들어갈 공간이 없어서 앉기 불편하고, 화장품을 놓아두어도 볼품이 없다고. 그러자 점원이 볼멘소리로 말했어.

"화장대 앞에 오래 계시지도 않을 것 같은 분이 참 까다로우시네요."

순간, 얼굴이 화끈 달아올랐어. 그때의 난 화장을 하는 데 서툴러서 얼굴에 분을 바른 게 전부였거든. 스스로도 촌스럽다는 걸 알고 있었어. 하지만 배우처럼 화장을 하는 여자에게만 제대로 된 화장대가 필요한 건 아니잖아. 같은 여자인데도 여자 마음을 저렇게 모르다니! 나는 그 가구점을 그냥 나와버렸어.

시랍장 따위에 거울을 붙인 건 화장대가 아니야. 그건 농구화에 칼날을 붙인다고 스케이트가 되는 게 아니고, 자전거에 모터를 단다고 오토바이가 되는 게 아닌 것과 마찬가지지. 내게는 로코코 시대 귀족 부인이 썼을 법한 요란한 화장대가 필요한 게 아니었어. 그저 '화장대다운 화장대'를 갖고 싶었을 뿐이야.

나중에 내 방에 아담한 화장대를 들여놓던 때를 생각하면 지금도 뿌듯해. 나만의 화장대에 나만의 화장품을 조르르 늘어놓고, 나를 들여다보고 다듬는 게 기분 좋았어. 여자에게 화장대란, 그리고 화장이란 그런 건가 봐.

프레데릭 칼 프리스크 | 무대에 오르기 전 | 1913, 캔버스에 유채, 129.54×129.54cm, 커머 미술관과 정원

이 그림 속 여자는 화장대 앞에서 정성껏 화장을 하고 있어. 토슈즈를 신은 걸 보면 발레리나 같아. 가장 아름다운 모습으로 무대에 나서기 위해 지금 이 순간 화장대 앞에서 '성스러운' 의식을 치르는 거지.

무대에 오르는 여자의 두근거림처럼, 공교롭게도 그녀를 둘러싸고 있는 건 온통 핑크빛이야. 그녀가 입은 가운과 토슈즈는 물론이고, 무늬가 같은 커튼과 화장대를 감싼 탁상보, 심지어 벽과 그녀의 머리카락에서까지 핑크빛 기운이 느껴져. 그리고 그건 여자들을 가장 편안하게 해주는 연한 핑크지.

핑크는 누가 뭐래도 여자의 색이야. 태어난 지 얼마 안 된 여자 아기들조차 본능적으로 핑크색을 좋아한다던걸. 빨간색이 여자를 도발하는 색이라면, 핑크색은 그 자체로 욕망을 충족시켜주는 색이야. 온통 핑크빛으로 치장된 방에서 공주처럼 화장을 하는 건 모든 여자들의 로망이지. 그래서인지 이 그림을 보면 맛있는 식사를 한 후 근사한 디저트를 먹은 것처럼 달콤한 기분이 돼.

이 그림을 본 이후로 아침에 화장을 할 때마다 나는 이것이 얼마나 즐거운 일인가를 생각해. 여자가 화장을 한다는 건 지금부터 무언가에 성실

하겠다는 의미야. 그건 오늘 만나는 사람일 수도 있고, 새로 시작하는 하루일 수도 있어. 여자가 얼굴을 단장하는 건 마음을 단장하는 거야.

난 마음이 가라앉으려는 날이면 더 정성껏 화장을 해. 나 자신에게 잘 보이고 싶어서. 나 자신을 응원하기 위해서. 이 그림 속 여자가 정성껏 립스틱을 바르며 멋지게 춤출 수 있다고 스스로를 격려하듯이 말이야.

사소페라토 | 기도하는 성모마리아 | 1640-50, 캔버스에 유채, 73×57.7cm, 내셔널갤러리(런던 국립 미술관)

간절한 바람은 푸른색이다

|사소페라토 |기도하는 성모마리아

그는 심부름 보낸 하인이 돌아온 기척을 느끼고는 손에 든 붓도 내던지고 달려 나갔어.

―구해 왔느냐?

하인이 의기양양한 얼굴로 품에서 작은 주머니를 꺼내 내밀자 그는 참아보려고도 하지 않고 웃음을 터뜨리며 그것을 받아 들었어. 그가 조심스럽게 주머니를 열자 오묘한 금빛을 띤 푸른 가루가 드러났지.

—수고했다. 품질이 아주 좋구나.

뒤도 돌아보지 않고 화실로 돌아간 그는 오랜 시간 정성스럽게 푸른 가루를 잘 갠 다음, 그리고 있던 성모마리아 그림에 조금 칠해보았어. 이내 성모의 옷이 신비로운 푸른색으로 빛나기 시작했어. 그 아름다운 푸른 빛깔에 눈이 시려서인지 오랜 기다림의 결실 때문인지, 그의 눈에서 눈물이 배어 나왔지.

그가 기도하는 성모마리아를 그린 건 이번이 처음은 아니야. 기도하는 성모의 모습에 매료되어 벌써 여러 차례 그려왔지. 하지만 돈이 없거나 돈이 생겨도 안료를 구할 수가 없어서 매번 싸구려 푸른색으로 성모의 옷을 칠했어. '저먼 블루' 같은 것을 써서는 색도 아름답게 낼 수 없는 데다가 시간이 지나면 거무튀튀하게 변하고 만다고. 하지만 지금 그가 드디어 손에 넣은 이 '아쿠아마린'은 영원히 변하지 않고 푸르게 빛나지. 앞으로 천 년이 지난다 해도 이 빛 그대로일 거야. 바다 건너 페르시아 아프가니스탄에서 가져온 '라피스라줄리'라는 보석을 갈아 만든 이 귀하디귀한 안료는 금보다 더 비싸. 오로지 성모마리아의 옷에만 칠할 수 있는 '바르는 보물'이지.

이탈리아의 조그만 동네 사소페라토에서 성화를 제법 잘 그리기로 소문난 조반니 바티스타 살비는 그렇게 붓 한 올 한 올에까지 기도를 깃들이며 성모의 모습을 그려나갔어.

하나하나 가치를 따질 수 없는 유명한 그림들이 숱하게 걸린 런던의 내셔널갤러리에서였어. 무심히 지나치려던 사람들이 무언가에 이끌리듯 잠깐 멈춰 지그시 바라보고 가는 그림 한 점이 눈에 띄었지.

'사소페라토?'

모르는 화가였어. 하지만 성모가 기도하는 모습을 군더더기 없이 그린 그림은 시선을 잡아끄는 힘이 있었지. 이 시대 성화들은 복잡한 도상학과 상징이 뒤얽혀 있어서, 잘 모르고 보는 사람들은 그림을 봐도 보는 게 아닌 경우가 많거든. 하지만 이 그림에는 오직 하나, 영원을 향한 듯한 깊은 기도가 있을 뿐이야.

무엇보다 이 그림이 도드라져 보였던 건 성모가 걸친 옷의 푸른색 때문이었을 거야. 그린 지 삼백여 년이 지났지만 마치 어제 칠한 듯 선명하고 맑은 푸른빛.

푸른 옷은 성모를 상징해. 하지만 천연 광물에서 안료를 얻을 수밖에 없었던 당시, 푸른색은 너무나 비싼 색이었어. 그래서 후원자에게 선불금을 넉넉하게 받는 유명 화가들조차 '백일치성에 목욕재계하듯' 조심조심 칠했었지. 그래서일까, 사소페라토가 그린 여러 점의 〈기도하는 성모마리아〉 중 아쿠아마린이 선연한 이 그림이 가장 정성스럽게 그린 흔적이 느껴져.

그 푸른빛이 너무나 깊고 강렬해서 다른 색을 섞거나 덧칠하지 않고서는 제대로 바라볼 수조차 없다는 아쿠아마린을, 그는 되도록 원래 빛깔을 죽이지 않고 사용하려 한 것 같아. 저런 '야한' 파랑을 썼는데도 그림이 가벼워 보이기는커녕 오히려 신성하고 순수한 기운을 뿜어내. 적어도 이 그림에서만은 푸른색이 틀에 박힌 성모의 상징이 아니라 간절한 기도의 빛깔로 여겨지는걸.

전에는 포기하지 않는 간절한 바람은 반드시 이루어진다는 말을 믿지 않았어. 하지만 지금은 소원을 이루는 것보다 그것을 포기하지 않는 게 더 힘들다는 걸 알게 되었지. 차라리 소원 따위는 품지 않는 게 마음 편하다고 생각하는 수많은 사람들 틈에서 너도 벽옥처럼 푸르던 바람을 그만

잊어버리고 사는 건 아닌지…….

그렇다면 영원히 변하지 않는 이 그림 속 성모의 푸른 옷자락에 소원을 새겨 넣어봐. 오늘날의 화학물감으로는 표현할 수 없는 보석 같은, 아니 보석 그 자체인 저 푸른빛이 바라볼 때마다 처음 그대로의 간절함을 일깨워줄 거야.

장 피에르 카시뇰 | 앨리스와 튤립 부케 | 1984, 석판화, 48x65cm

아름다울 만큼만 슬퍼하기

|장 피에르 카시뇰 |앨리스와 튤립 부케

거리에서 오랫동안 연락이 되지 않던 친구와 마주쳤어. 십여 년 만에 만난 친구는 전과 다름없이 해사한 얼굴이었지. 그동안 잘살았겠구나, 그렇게 생각했어.

하지만 차 한 잔 놓고 마주 앉은 자리에서 뜻밖의 이야기를 듣게 되었어. 그녀는 한동안 감당하기 힘들 정도로 높은 삶의 파고를 넘어야 했대. 혼인신고까지 미리 해놓은 오랜 연인과의 파혼, 교통사고, 실직, 그리고 뒤이은 경제적 어려움……. 듣고 있던 나조차 어지럼증을 느낄 정도였지. 다행히 몇 년 전부터는 별 어려움 없이 좋은 삶을 누리고 있다고 해서 안도했어.

그리고 그런 일들을 겪고도 화원 안에서 상처 없이 핀 꽃 같은 모습인 그녀에게 어떻게 그럴 수 있었는지 묻자, 그녀는 미소를 지으며 말했어.

"아무리 힘들어도 하루도 빼놓지 않고 눈가에 주름이 생기지 않게 크림을 발랐어. 울어서 크림이 다 지워지면 세수를 하고 다시 발랐어. 그렇게 다섯 번이나 새로 바른 적도 있었어. 나한테 일어나는 일들도 억울한데 내 얼굴에까지 불행의 흔적을 남기기는 싫었거든."

카시뇰의 그림 속 여인들에게 그녀 같은 사연이라도 있어서 그들이 그렇게 슬퍼 보이는 건지는 모르겠어. 그러나 한 가지 분명한 건, 그 여인들이 슬픔 속에서도 한결같이 아름답다는 거야.

이 그림, 여인과 튤립 꽃병이 나란히 있긴 하지만 여인은 꽃을 보고 있는 게 아니야. 원근법은 아랑곳 않고 그린 이 그림에서 여인은 꽃병 저 너머에 서 있거든.

여인의 공허한 시선은 어딘지 모를 그림 밖을 향해 있지만 실은 아무것도 보고 있지 않아. 만개했을 때보다 덜 피었을 때 가장 아름다운 튤립, 그 절정의 아름다움을 배경으로 고요히 자신의 슬픔에 집중하고 있는 거야.

여인은 그 텅 빈 시선으로 거울을 보고 화장을 했을 거야. 내키지 않는 손으로 속눈썹을 말아 올리고 립스틱을 발랐겠지. 몇 번쯤은 느닷없는 눈물을 쏟는 바람에 마스카라가 번져서 애를 먹었을지도 몰라.

때로 여자들은 예뻐 보이기 위해서가 아니라 무너지는 자아를 붙들기 위해서 화장을 해. 머리를 풀어 헤치고 침대에서 울부짖는 여자들만 고통에 빠져 있는 건 아니야.

그림 속 여인은 슬퍼하되 절망에 빠지지는 않았어. 왜냐하면 절망한 여자는 더 이상 아름답지 않거든. 그녀를 아름다워 보이게 하는 건 짙은 화장과 한껏 차려입은 드레스만이 아닌 것 같아.

여자는 절망에 빠지면 자신을 아름답게 하던 후광과 같은 빛을 잃어. 그녀가 아름다움을 간직하고 있는 걸 보면 그녀 안에는 무언가 불꽃이 살아 있는 거야.

나는 눈물을 흘리면서도 눈가에 크림을 발랐다던 그 친구에게도 그런 불꽃이 있었을 거라고 짐작해.

아무렇게나 몸을 부리고 싶을 만큼 슬픔이 무겁게 배어들었을 때는 그냥 범상하게 슬픔을 맞아들여. 하지만 한 가지만 약속해줄래? 네 아름다움이 상하지 않을 만큼만 슬퍼하기. 결코 절망하지 않기.

이상한 나라로의 휴가

|앙리 루소 |잠자는 집시

그날은 정말 굉장한 하루였어. 아침부터 악의에 찬 사람들에게 상처받고 온몸에 기운이 빠져서는, 마치 집에 영혼을 두고 온 사람처럼 굴고 있었어.

당연히 일이 손에 잡힐 리 없었지. 나는 근처 커피숍으로 가서 카푸치노를 주문해놓고, 가져간 루소의 화집을 펼쳐 들었어. 평소의 나로서는 그다지 공감하지 못하던 화가였는데, 그날은 책을 펼치자마자 기다렸다는 듯 튀어나온 〈잠자는 집시〉가 내 눈길을 잡아끌었어. 이 지구 어디에 있을지 짐작도 안 가는 이상한 공간에서, 이상한 사자가 이상한 집시 여인의 잠든 머리 위를, 코를 킁킁대며 탐색하는 이상한 그림. 상식에도 보편적인 정서에도 닿지 않는, 어찌 보면 어처구니없는 이 그림이 묘하게 위로가 되는 거야.

'왜일까?'

그래서 한참을 들여다보았어. 그러다 문득 그날 마무리하지 못하던 일에 대한 좋은 아이디어가 떠올랐고, 나는 어느새 하루 시작의 악몽을 새까맣게 잊은 채 일에 몰두해 있었지.

그날 나는 왜 이 그림을 보고 마음이 편안해졌을까?

이 그림은 한마디로 '이상한 그림'이야. 분명 사막 같은데 호수와 잇닿은 물가, 멀찍이 호수 너머로 만년설인지 빙하인지 모를 흰빛을 뒤집어쓴 산들, 사막에선 살지 않는 사자의 어이없는 출몰, 달이 높이 뜬 한밤중인데도 어둡지 않고 푸르기만 한 하늘, 그리고 가혹한 사막의 밤에 만돌린 하나 달랑 들고 태평하게 누워 있는 여자.

앙리 루소 | 잠자는 집시 | 1897, 캔버스에 유채, 129.5×200.7cm, 뉴욕 현대미술관(모마)

어쩌면 그 '이상함'이 나를, 내가 사는 다른 면모로 이상한 현실에서 잠시 떠나게 해준 것일지도 모르겠어.

이 이상하고도 이상한 그림 속 나라에서 집시 여인과 사자는 아무리 봐도 포식자와 먹잇감의 관계로는 보이지 않아. 사자와 여자는 오히려 어떤 방식으로든 교감을 하고 있는 것으로 보이는걸. 아마도 맹수마저 교감의 대상으로 만들어버리는 저 마법과 같은 달빛이 현실의 고통 따위는 잊어버리게 하는 것 같아.

우리는 소통할 수 있을 것 같은, 최소한 그럴 것이라고 믿었던 사람들에게서 벽을 느끼고 상처를 받아. 반대로 가장 이질적인 존재와 소통이 가능하다는 것을 깨달았을 때는 말할 수 없는 환희를 느끼게 되지. 도무지 다가설 수 없을 것 같았던 존재와 실낱만큼이나마 교감한다는 것은 어쩌면 우리 삶을 송두리째 바꿀 만큼 커다란 의미가 될 수도 있어. 난 이 그림이 사람들이 지닌 그런 욕구를 담은 것만 같아.

세관에 다니던 순진한 공무원으로 아무런 훈련도 지식도 없이 그림을 그리게 된 루소. 그는 아카데미에서 가르치는 훌륭한 기법들을 쓸 줄 몰랐지만(쓰지 않았던 것이 아니라 정말로 몰랐어), 직관적으로 그런 기분들을 느끼고 표현할 줄 알았던 것이겠지.

그런 그에게, 난 어느 하루의 기분을 빚졌다.

존 화이트 알렉산더 | 이사벨라와 바질 항아리

| 1897, 캔버스에 유채, 192.09×91.76cm, 보스턴 미술관

내 안에 있는 건 집착일까 사랑일까

|존 화이트 알렉산더 |이사벨라와 바질 항아리

이사벨라는 부유한 상인의 딸이었어. 부모님은 돌아가시고 인정머리 없는 두 명의 오빠와 세상에 남았지만, 그래도 그녀는 행복하다 할 만했어. 지구에 달만 한 구멍이 난다고 해도 그 공백을 단숨에 메워줄 수 있는 사랑, 로렌초가 늘 곁에 있었으니까. 그런데 오빠들은 집안의 일꾼일 뿐인 가난한 로렌초가 못마땅해 견딜 수가 없었어. 여동생을 부잣집에 시집 보내면 얻을 수 있는 숱한 이득이 생각할수록 아까웠지.

그러던 어느 날, 오빠들의 심부름으로 잠깐 피렌체에 다니러 간 로렌초가 돌아오지 않았어. 오빠들은 그가 피렌체에서 받아 오라고 한 돈을 들고 달아난 게 틀림없다며 펄펄 뛰었지.

—내 사랑, 왜 그랬어요? 난 당신 없이는 살 수가 없는데…….

그를 한(恨)하며 눈물로 몸을 상하던 그녀는, 어느 밤 꿈에서 로렌초를 만났어. 꿈속에서 그녀는 오빠들이 로렌초를 덮쳐 목숨을 빼앗고 숲에 버리는 환영을 보았지. 잠에서 깬 그녀가 광인처럼 달려간 숲에는 정말로 로렌초의 유해가 있었어.

심장이 깨지는 듯한 아픔으로 울부짖던 그녀는 어떻게든 함께 돌아가고픈 마음에 그의 머리를 베어 가슴에 안았어. 집에 도착한 그녀는 커다란 항아리에 로렌초의 머리를 담아두고는, 그 위에 흙을 덮고 바질을 심었지. 연인을 대하듯 매일 항아리를 껴안고 흐느끼는 그녀의 눈물을 먹으며 바질은 무럭무럭 향기롭게 자랐어.

—형님, 이사벨라가 요즘 이상하지 않아요? 먹지도 자지도 않고 오로지 항아리에 심은 바질만 돌보잖아요. 로렌초 놈만 없애면 다 해결될 줄 알았는데, 저렇게 미친 채로 두었다가는 시집도 못 보내겠어요.

—그러게 말이다. 아무래도 저 바질 항아리가 수상해.

그녀가 방을 비운 사이 바질 항아리를 살펴보던 오빠들은 항아리를 깨 보았어. 거기서 로렌초의 머리가 나오자 그들은 기겁을 하며 멀리 갖다 버렸지.

나중에 바질 항아리가 없어진 걸 안 그녀는 시름시름 앓기 시작했고, 그러다가 툭, 세상과의 인연을 놓아버렸어.

로렌초가, 그리고 로렌초의 일부마저 떠나버린 세상은 그녀에게 아무것도 아니었던 거야.

이사벨라와 로렌초의 사랑 이야기를 다룬 그림은 여럿 있지만, 이 작품은 그중에서도 가장 서늘하고 아름다운 그림이야. 항아리에 아직 바질이 보이지 않는 걸로 보아 그녀는 지금 막 항아리에 죽은 연인의 유해를 묻은 모양이야. 자신을 내던지면서까지 무언가에 미치도록 매혹된 여인의 여윈 얼굴은 신비로우면서도 보는 사람을 가슴 아프게 하지. 그림이 시신을 항아리에 넣는 장면을 직접 묘사하거나 했다면 아마 그림은 그저 '기묘함'에 그칠 뿐, 자신만의 사랑 방식에 도취된 여인의 깊은 절망을 표현할 수 없었을 거야.

연인의 일부라도 곁에 두면서 그녀가 붙들고 싶었던 게 무엇인지 잠깐 생각해봤어. 다시 만날 수 없을 그의 영혼, 오빠들의 폭력에 저당 잡힌 마지막 삶의 자유의지, 아니면 잊고 싶지 않은 사랑의 편린?

떠나보내야 하는데 떠나보내지 못하고, 가슴 한구석에서 병이 되고 독이 되는 그리움을 품었던 적이 나 또한 있었어. 그 부여잡음이 곧 애정이라고 생각했었지. 누군가에 대해, 그리고 내 삶에 대해 마땅히 지켜야 할 예의라고 여겼어. 그런데 그건 상실감을 잊기 위한 의식일 뿐, 아무것도 아니더라고. 그 모든 것들이 결국에는 나를 잠식시키고 서서히 녹여 없애는 일이었어.

사랑이든 미움이든, 혹은 그 모두를 버무린 어떤 감정이든, 시간이 지나고 나면 무채색을 가진 '기억'이라는 이름으로 남을 뿐이라는 걸 세월이 가르쳐주었지. 그러니까 그녀가 조금만 더 나이 든 여인이었다면 떠날 것은 떠나보내고, 맞설 것은 맞서고, 잊을 것은 잊는 일이 더 쉬웠을지도 모르겠어.

'조금만 더, 조금만 더…….' 그렇게 붙들고 싶다면, 아주 잠깐만 그렇게 하렴. 아주 잠시만 이 그림과 함께 아픔과 추억을 같이하고 놓아 보내. 너의 바질 항아리를 강물에 떠내려 보내는 거야.

네 욕망에 물을 주어도 좋다

ㅣ존 싱어 사전트 ㅣ마담 X

그는 터질 듯 두근거리는 가슴을 누르며 붓을 놀리고 있었어. 지금은 그가 그토록 열망하던 피사체를 드디어 그릴 수 있게 허락된 소중한 시간이었거든. 초상화를 기막히게 잘 그리는 그의 모델은 이제까지 두 부류였어. 그가 수고비를 주고 고용하는 배우나 창녀, 혹은 그에게 수고비를 내고 초상화를 주문하는 귀족. 그런데 이번만은 그 둘 중 어느 쪽도 아니었지. 스물다섯 살의 매혹적인 저 여인은 거물 은행가의 아내이자 파리 사

교계의 별, 버지니아였어.

그녀를 처음 봤을 때, 그는 이미 그리고 싶다는 욕망에 사로잡혔어. 하지만 내성적인 그녀는 완강히 거절했지. 오늘 이렇게 그녀를 모델로 세우기까지는 아주 오랜 기다림과 설득이 필요했어.

—언제까지 이러고 있어야 하죠? 생각보다 무척 불편하고 힘든 작업이군요.

—고토르 부인, 힘드신 거 잘 압니다. 그래서 더 고맙게 생각하고요.

—사전트 씨, 지금이라도 그만두면 안 될까요? 아무래도 이런 일은 마음에 들지 않아요.

당황한 그는 다시 그녀를 달래기 시작했어. 그러는 동안에도 절대로 손에서 붓을 놓지 않았지. 그의 간절함에 그녀는 마음이 약해졌어.

—좋아요. 대신 이 그림을 전시회에 올릴 때, 절대로 제 이름은 밝히지 말아주세요. 파리의 화랑에서 제 이름이 사람들 입에 오르내리지 않도록.

안도한 그는 흔쾌히 대답했지.

—알겠습니다. 이 그림의 제목은…… 그렇지, 〈마담 X〉! 그렇게 짓도록 하지요.

존 싱어 사전트 | 마담 X | 1883-84, 캔버스에 유채, 208.6×109.9cm, 메트로폴리탄 미술관

사전트의 그림 중 가장 유명한 그림이야. 몹시 고혹적이고 아름다운 그림이기도 하지만, 이 그림을 더욱 유명하게 만든 건 파리에서 활동하던 그를 미국으로 도망가게 만들 정도로 아찔했던 스캔들이지. 스캔들이 생긴 이유는 그의 그림이 '선정적'이라는 것이었어. 이 그림은 원래 오른쪽 어깨끈이 흘러내린 모습으로 그려져 있었거든. 전문 모델도 아닌 사교계 인사를 도발적이라면 도발적일 수도 있는 분위기로 그려서인지, 파리 사교계가 팥죽 끓듯 들끓으며 난리가 났지. 오죽하면 화가가 그림을 덧칠해 어깨끈을 고쳐놓기까지 했을까.

요즘 사람들은 고작 어깨끈 하나 흘러내렸다고 법석을 떨던 옛사람들의 고리타분함을 비웃기도 해. 하지만 누드를 밥 먹듯 그렸던 그 시대 화단에서 어깨끈 하나 때문에 외설이라는 말을 입에 올렸겠어? 문제는 그림에서 숨길 수 없이 배어 나오는 화가의 욕망이야. 그게 육욕이건 정신적 흠모건 피사체를 구하는 예술혼이건 간에, 화가는 모델에게 참을 수 없는 욕망을 느꼈음이 틀림없어. 덕분에 본질에 상관없이 모델은 팜므파탈이 되어버렸지. 당시 사람들은 예술에 욕망이 드러나는 걸 용서할 수 없었던 거야. 욕망은 곧 죄악이라고 생각하던 시대였으니 말이야. 하지만 욕망을 품은 이는 정말 벌받아 마땅한 것일까?

만성적인 두통 때문에 대학 병원을 찾은 적이 있어. 의사는 신경계통에 작용하는 약을 처방해주었고, 난 더 이상 아프지 않았지. 그 대신 이상한 증상들에 시달렸어. 하고 싶은 것도, 먹고 싶은 것도, 갖고 싶은 것도 없어진 거야. 그저 잠만 자고 싶었어. 한마디로 욕구가 없어진 거지. 그런데 그게 아픈 것보다 더 날 힘들게 하더라고. 욕망 없이 산다는 게 어떤 건지 겪어본 사람만 아는 거라고 단언할 수 있어. 결국 난 약을 끊었지. 두통이 다시 올라왔지만 그게 훨씬 나았어. 살아 있는 느낌이 들었으니까.

이 그림에 생명력을 불어넣은 것도 날 다시 살맛 나게 해준 욕망이야. 그래서 이 그림이 그 이전의 어떤 초상화와도 다른 거지.

가능성 없는 그 사람을 갖고 싶어? 어제 백화점에서 본 구두가 꿈에도 보여? 열대의 섬으로 여행을 가고 싶어? 때로는 그런 부질없는 바람들 때문에 자신이 한심하게 여겨지겠지만, 알고 보면 그 모든 욕망들이 너를 빛나게 하는 거야. 그렇기에 욕망할 무언가를 가진 건강함에 네가 안도할 수 있기를 바란다. 또한 네가 욕망하는 대상보다 그처럼 생명력 넘치는 너 자신을 더 사랑할 수 있기를.

나 그대 때문에 꿈을 꾼다

| 로렌스 알마 타데마 | 기대

그녀는 그림을 그려 밥벌이를 하는 게 꿈이었어. 하지만 그녀는 그림과는 전혀 무관한 전공으로 대학에 진학했지. 어려서부터 그림을 좋아했지만 대학에 갈 만한 미술 실력을 쌓기에는 부모님이 너무 가난했어. 지금이라도 그림을 배우고 싶다는 그녀를, 주변 사람들은 다 말렸어. 나도 그랬어. 좀 더 만만한 일을 택해서 일단 살아남으라고.

한번은 그녀가 교내 문예지에 삽화를 맡아 그리게 되었다는 말을 들었

로렌스 알마 타데마 | 기대 | 1885, 캔버스에 유채, 45×66.1cm, 개인 소장

어. 다음 날이던가, 햇살 좋던 오후 약속 장소에 먼저 나와 그림을 그리고 있는 그녀를 보게 되었지.

아…… 정말 예뻤어. 창으로 들어오는 햇살을 저만치 등지고 그림에 몰두한 그녀의 모습에서는 빛이 났어. 뼛속까지 행복한 사람에게서만 볼 수 있는 특별한 무언가가 그녀를 감싸고 있었어.

난 그걸로 됐다고 생각했어. 꿈이 있다면, 설사 그것이 이루어지지 않는다 해도 그걸 바라는 시간 자체가 축복이라는 걸 깨달았기 때문이었지.

알마 타데마는 내가 한 번 본 적도 없는 지중해를 그리워하게 만든 화가야. 인상파가 주목받은 이후로는 가치가 절하된 그이지만 아무래도 좋아. 그는 만져질 것처럼 투명하고 매끈한 이오니아의 대리석으로 수수께끼 같은 설렘을 안겨주는 유일한 화가거든. 누군가를 기다리는 그림 속 여자의 모습에서 가슴 뛰는 꿈을 읽을 수 있는 것도 빛을 머금은 대리석 때문이야.

여자는 누구를 기다리고 있을까? 그녀가 마음에 품은 누군가가 저 너머 보이는 섬에서 배를 타고 건너오마고 다짐이라도 주고 떠난 걸까?

그녀의 시선이 한 번 쉬어 가는 저 벽에는 다 죽어가는 듯한 나무에 진홍빛 꽃이 흐드러지게 피었어. 그 꽃향기를 머금은 신선한 바람, 사람을 꿈꾸게 만드는 저 환장할 지중해의 푸른 빛깔……. 오늘 그녀는 그를 볼 수 있을 것 같기도 하고, 그렇지 못할 것 같기도 해. 그 모호함은 이 그림을 더 아름답게 만들지. 확신이 있다면 그건 이미 '꿈'이 아니니까.

하늘 밑 푸른 바다가 가슴을 열고
흰 돛 단 배가 곱게 밀려서 오면

내가 바라는 손님은 고달픈 몸으로
청포를 입고 찾아온다고 했으니

이육사 시인의 「청포도」라는 시가 맞춤인 듯 잘 어울리는 그림이라고 생각하는 사람은 나뿐일까?

꿈꾸며 기다리는 사람을 어리석다고, 불쌍하다고 여기는 사람은 영영 이 그림이 내뿜는 것과 같은 청량한 행복을 맛볼 수 없을 거야. 지금 네가 꿈 때문에, 기다림 때문에 버거운 시간을 보내고 있다면 부디 즐길 수 있기를. 먼 훗날, 너는 네가 그토록 기다리던 행복이 바로 기다리던 이 순간에 있었음을 뒤늦게 깨달을지도 몰라.

문득 기다림이 무겁고 꿈이 아득해지는 순간이 오면 이 그림 안에서 불어 나오는 지중해의 바람을 쏘여봐. 그때 멀리서 누군가 널 부르는 소리가 들려와도 놀라지 마.

넌 이미 다 가진 거야. 쉬지 않고 꿈을 꿀 수만 있다면.

내 삶의 풍경, 우윳빛으로 채색하다

|알프레드 시슬레 |빌뇌브-라-가렌의 다리

또래와 신들린 듯 뛰어다니며 어울렸던 행복한 유년의 추억이 내게는 별로 없어. 난 어딜 데려다 놓아도 꿔다 놓은 보릿자루같이 자리만 차지하는 아이였거든. 되바라진 아이들 틈에서 바보가 되지 않기 위해 머리 쓰는 것도 피곤했고, 엄마의 치맛바람 덕에 선생님에게 비호받는 아이들의 비위를 맞춰야 따돌림을 면할 수 있는 학교생활도 싫었어. 그럴 때마다 나는 공상에 빠졌지.

알프레드 시슬레 | 빌뇌브-라-가렌의 다리 | 1872, 캔버스에 유채, 49.5×65.4cm, 메트로폴리탄 미술관

내 공상은 몹시도 구체적이고 매일 새로운 상상이 덧입혀져 쌓여간다는 점에서 여느 아이들의 백일몽과는 달랐어.

나는 틈만 나면 '꽃향기와 꿀맛의 나라'라고 제목을 붙인 두꺼운 노트에 내가 상상하는 것들을 적어놓았어. 그 노트 안에서 나는 멋진 영화 속 주인공이 되기도 하고, 몇 개 국어를 유창하게 하는 천재 소녀가 되기도 했지. 특히나 우울하고 지칠 때면 노트 제목과 같은 '꽃향기와 꿀맛의 나라'에 놀러 가, 풀냄새와 꽃향기가 싱그러운 낙원에서 쉬기도 했어. 중학교에 들어갈 무렵에는 그렇게 쌓인 노트가 백과사전의 두께를 넘보게 되었지.

가끔 멍하니 넋을 놓고 있는 딸을 보고 어른들은 조금쯤 걱정을 하시는 눈치였지만, 당신들의 딸이 상상의 나라에서 돌아오지 않는 비극은 벌어지지 않았어. 사실을 말하자면 난 그런대로 잘 자랐어. 자신만의 '비밀의 정원'을 가진 사람 특유의 자부심을 가지고 세상을 바라보게 되었으니까.

이 그림을 처음 본 순간, 난 수십 년 만에 이 모든 기억을 한꺼번에 떠올렸어. 그림 속 풍경들이 내가 어린 시절 마음을 쉬던 상상의 그곳, '꽃향기와 꿀맛의 나라'와 거짓말처럼 닮아 있었거든.

언젠가 동네 공원에 나와 앉았을 때였어. 햇살 받은 잘생긴 봄 나무 한 그루가 어찌나 생그럽게 산들바람에 흔들리던지, 그 모습을 보는 동안 금세 행복한 기분이 되었어. 그 느낌을 간직하고 싶었던 나는 사진을 찍었지. 그런데 사진에 찍힌 건 그냥 평범한 나무인 거야. 아무리 정성을 들여 몇 번이고 다시 찍어도 마찬가지였어. 물론 내가 찍은 사진의 질도 문제겠지만 자연이란 게 그런 거더라고.

사진과 그림으로 아무리 똑같이 그려내려고 해도 자연 자체가 주는 느낌을 재현할 수는 없어. 그래서 자연의 것을 어설프게 흉내 낸 그림들이 '이발소 그림'이라고 불리며 무시당하는 거지. 결국 자연의 아름다움을 화폭에 담기 위해서는, 그 풍경 특유의 아름다움을 자신만의 눈으로 여과해 캔버스에 담아야 해. 유독 풍경화만은 그리 좋아하지 않는 내가 풍경화를 주로 그린 시슬레를 좋아하는 이유도 그거야. 그의 그림을 통해 눈앞 풍경에서 '진짜' 아름다움을 추출해내는 법을 배우거든.

공상에 빠져 산 외톨이 꼬마였던 내가 그만그만 삶에 적응한 어른으로 자랄 수 있었던 것도 내 삶을 우윳빛으로 걸러준 상상 속 풍경이 있어서였지. 아무리 고약해 보이는 현실이라도 나만의 눈을 통해 바라보면 그런

대로 아름다움을 발견할 수 있겠더라고.

시슬레의 그림들은 생각보다 훨씬 작아. 그런데 그림이 작아서 초라하기보다는 액자 속 풍경들이 아기자기하고 섬세하게 다가와 더 사랑스럽게 느껴져. 모네의 초기 작품들과 비슷해 보이기도 하는 그의 풍경화는 마치 안료에 우유를 섞은 것처럼 부드럽기 그지없어. 그림에서 달콤한 향기가 날 것 같지 않아?

자세히 보면 이 그림 속 풍경의 대상은 그리 낭만적이거나 비현실적인 게 아니잖아. 내가 속해 있는 삶도 그래. 결코 아름다울 수만은 없지만, 매사에 우유를 섞어 부드럽게 채색할 마음의 붓이 있다면 적어도 그 그림으로 포착한 순간만큼은 꿈속의 이상향처럼 아름다울 수 있을 거야.

해밀턴 해밀턴 | 사과꽃 흩날리며 | 캔버스에 유채, 76.20x45.72cm, 공공 컬렉션

그대의 행복으로 나도 행복합니다

|해밀턴 해밀턴 |사과꽃 흩날리며

참 웃음이 많은 사람을 알고 있어. 모든 사람들에게 항상 친절하고 웃는 얼굴이라 유복한 사람으로 보였지. 표정만 그런 것이 아니었어. 틈만 나면 사람들을 도우려 애를 썼기 때문에, 주변에 그녀 덕을 보지 않은 사람이 없을 정도였거든.

그런 그녀를 두고 몇몇 사람들은 말했어. 그녀가 너무 좋은 환경에서만 살아와서 세상 이치를 모른다고. 하지만 그건 그 사람들이 잘못 알았던 거였어. 나중에야 그녀가 지독한 어려움 속에서 겨우 공부를 마치고 지금도 근근이 살아간다는 사실을 알게 되었으니까. 사정을 들은 사람들은 이번에는 그녀가 가식적으로 보인다며 수군거렸지. 무시당하기 싫어서 일부러 마음에도 없는 친절을 베푸는 거라고.

이유 없이 그녀를 싫어하는 사람들이 아니라도 의문이 생기기는 마찬가지였어. 자기 하나도 추스르기 힘든 상황에서 어떻게 다른 사람을 그리 넉넉하게 품을 수 있는 걸까.

조심스러운 누군가의 질문에 그녀는 이렇게 대답했어.

"전 이기적인 사람이에요. 제가 힘들고 슬플수록 다른 사람들에게 잘해주게 돼요. 저 때문에 웃고 즐거워하는 모습을 보면 기분이 좋아지거든요. 어떻게 보면 제가 주변 사람들을 이용하는 거죠……."

삶이 슬프다고 이름 모를 사람들에게 분풀이를 하는 세상이야. 사람들이 그녀처럼만 이기적일 수 있다면 우리가 만나는 하루하루가 얼마나 보드라울까?

철없던 시절에는 몰랐어. 타인을 행복하게 해주는 게 나한테도 행복한

일이라는 걸. 그저 내 한 몸 좋아야만 행복한 건 줄 알았지. 하지만 이젠 알아. 나로 인해 누군가가 기뻐하는 게 얼마나 근사한 일인지 말이야. 더구나 그 대상이 사랑하는 사람일 때에는 말할 것도 없지.

그림 속 어머니는 사과나무를 흔들어 꽃비를 내려주고 있어. 꽃비를 맞는 꼬마 아가씨의 얼굴은 보이지 않지만, 얼마나 신나는 표정일지 보지 않고도 충분히 알겠어. 나뭇가지를 흔드는 어머니의 표정이 거울 노릇을 하고 있잖아. 아이는 조그만 입을 크게 벌리고 작은 태양처럼 눈이 시리게 웃고 있을 거야. 아기의 웃음소리가 오소소 사과꽃 흩날리는 소리와 뒤섞여 귓가를 울리는 듯해.

옷차림으로 보아 모녀는 귀족이나 부호 집안 사람들 같진 않아. 아마도 어머니는 이 잠깐의 유희가 끝나면 고된 일터로 돌아가야 할지도 모르지. 그런데도 이 순간 두 사람은 행복해 보여. 자신을 즐겁게 해주기 위해 기꺼이 팔을 걷어붙이고 벤치에 올라선 어머니 덕에 평생 잊을 수 없을 꽃비를 온몸으로 맞고 있는 아이, 그리고 아무런 대가 없이 그 아이를 바라보는 것만으로 천국의 기분을 맛보고 있는 어머니. 여기에 뭐가 더 필요할까.

이 그림을 보고 있으면 속 깊은 반성이 일어. 사랑하는 사람들을 곁에

두고서도 깃털만큼의 걱정거리에도 천 근의 고뇌를 하는 내 자신이 한심해. 그들을 웃게 하면 나도 행복해질 텐데 오히려 짜증을 부리면서 종종 모두를 힘들게 하거든.

슬플 때마다 자신을 위해 남을 즐겁게 해준다던 '이기적인' 그녀의 방법을 따라 나도 행복해져 볼까 해. 늘 좋은 일이 생기고 늘 기분이 좋을 수는 없어도 늘 행복할 수는 있는 게 삶이니까.

그 파랑이 나를 미치게 한다

|빈센트 반 고흐 |별이 빛나는 밤

1888년 가을, 그는 아를의 여관집에 짐을 풀었어. 남프랑스의 보송보송한 공기, 사물을 생기 넘치게 비춰주는 맑은 햇빛, 모든 게 마음에 들었지.

—역시 파리를 떠나오길 잘했어.

그는 온갖 분별없는 예술가들이 득시글거리는 파리를 참을 수가 없었어. 그저 지긋지긋한 인간관계에서 벗어나 어딘가 조용한 곳에 틀어박히고 싶은 마음뿐이었지. 하지만 막상 아를에 도착한 그는 새로운 꿈을 꾸

빈센트 반 고흐 | 별이 빛나는 밤 | 1888, 캔버스에 유채, 72.5×92cm, 오르세 미술관

기 시작했어.

—마음 맞는 화가들을 여기 불러오는 거야. 내 그림이 엉터리라고 비웃지 않는 친구들과 마음껏 그림을 그리며 살면 정말 근사하겠지.

그는 고갱이나 로트레크 같은 친구들에게 어서 오라고 연락을 해놓고는 설레는 가슴으로 하루하루를 보냈어. 세를 얻은 노란 여관방을 장식하기 위해 해바라기 그림도 여럿 그려놓았지.

자신도 예측하지 못했던 열정에 사로잡혀 아를 이곳저곳을 다니며 그림을 그리던 그는, 어느 날 밤 론 강에 나가 하늘을 올려다보았어. 맑고 깊고 푸른 밤하늘, 그리고 별들이 강 위에서 말할 수 없이 아름답게 빛나고 있었어. 다른 화가들처럼 흰 물감으로 점을 하나씩 촘촘히 찍는 정도로는 저 하늘의 아름다움을 도저히 표현할 수 없을 것 같았지. 독한 압생트 술기운에 더욱 달뜬 심장으로 본 불타듯 빛나는 푸른 하늘과 별들을 놓치기 싫어서 그는 얼른 화구를 꺼내 들었어.

반짝반짝…….

가난했지만 그의 영혼이 가장 반짝이던 시간들이 그렇게 지나가고 있었지.

나처럼 그림을 잘 모르는 사람이라도 그림은 원화로 보아야 한다는 것 정도는 알아. 하지만 솔직히 〈모나리자〉를 봤을 때는 어릴 때 우리 집 달력에 인쇄되어 있던 것과 무엇이 크게 다른지 잘 모르겠더라고. 그런데 고흐의 그림은 분명 달랐어. 그처럼 원화를 봤을 때의 감동이 충격에 가까운 화가도 드문 것 같아. 더구나 원화를 봤을 때만 오롯이 눈에 들어오는 그 설레는 파랑의 감촉이란…….

많은 사람들이 고흐를 '태양의 화가'라고 칭하며 강렬한 노란색을 그만의 전매특허로 만들어놓았지만, 나는 언제나 그의 그림 속 파랑에 마음이 끌려. 그 어느 시대, 어느 화가에게서도 볼 수 없는 그만의 파랑을 보면 가슴이 착 내려앉으면서 어쩐지 눈물이 날 것 같은 기분을 참아야 하지. 솔직히 말하면, 아무도 날 모르고 다시 만날 일도 없는 외국의 미술관에서 마음 놓고 눈물을 줄줄 흘려버린 적도 있어.

이 그림을 봤을 때 난 정말로 별빛 때문에 눈이 부셨지. 그러나 별을 그토록이나 빛나게 하는 건 역시 파랑으로 채색된 하늘이었어.

색에 성격이 있다면 파랑은 차갑고 가라앉아 있는 이성이야. 그런데 그의 그림 속 파랑은 미친 듯 타올라 보는 사람을 흥분시키는 묘한 마력이 있어. 생명조차 침묵하는 심해의 색이 오히려 휘몰아치는 생명력을 느끼게 하는 건, 그가 파랑을 모든 아픔과 고통과 절망을 집어삼키는 색으로 받아들였기 때문이겠지.

고흐의 그림은 그림을 볼 줄 아는 사람만이 이해하는 게 아니라는 생각이 들어. 마음에 불을 품어본 사람, 한 번이라도 그 불에 데어본 사람이라면 어느 문외한이라도 이해할 수 있을 것 같아. 그래서 많은 사람들이 고흐를 좋아하나 봐. 그리고 그건 누구에게나 삶이 만만치 않다는 증거라고 할 수도 있겠지.

이 그림을 보면 그가 자신의 삶을 태워 불을 밝힌 그 파랑에 내 삶의 무게도 함께 살라 없어지는 듯한 느낌이 들어. 그가 아무런 대가도 받지 못하고 남기고 간 무언가에 무임승차한 듯한 미안함이 있긴 하지만, 그냥 받을래.

귀스타브 카유보트 | 예르, 비 | 1875, 캔버스에 유채, 81x59cm, 인디애나 대학 미술관

내 아픔이 비에 씻겨 내려가길

|귀스타브 카유보트 |예르, 비

누군가에게 베푼 호의를 이기심으로 되돌려받은 날이 있었어. 영화에서 늘 그러는 것처럼 그날따라 다친 마음에 소금 뿌리듯 비가 내렸고, 우산을 절대로 가지고 다니지 않는 나는 비를 '쫄딱' 맞고 말았지.

'정말이지 비는 지긋지긋해.'

택시가 끝내 잡히지 않길래 망설임 끝에 친구에게 전화를 했어. 친구는 두말없이 달려와 주었고, 추위에 떨다 뛰어든 차 안은 아늑하고 포근했어. 그때 친구가 내민 뜨거운 캔 커피는 그 어떤 유명 커피집의 특제 커피보다 향기로웠지. 온기에 손을 녹이면서 차창을 때리는 굵은 빗줄기를 바라보았어. 비가 어찌나 많이 내리던지, 마치 자동 세차장 안에 들어와 있는 것 같더라. 친구가 틀어놓은 다이도(Dido)의 노래가 모진 빗줄기에 녹아 혈관을 타고 들어오는 듯 가슴이 찌릿해졌어. 비, 말 없는 친구, 좋은 음악……. 좁은 차 안에 그 셋의 존재감이 꽉 차올랐지.

조금씩 조금씩 내 심장에 엉겨 붙어 있던 찌꺼기들이 씻겨 내려가는 듯했어. 사람에게 받은 상처는 사람을 통해서, 비로 인한 상처는 비를 통해서 치유받는구나 싶어, 한결 오한이 가신 얼굴로 나는 웃었어.

그저 인상파 화가들의 부유한 친구라고만 알려진 귀스타브 카유보트. 그러나 난 그의 그림이 르누아르의 그림보다 더 좋아. 특히 비를 잘 이해하는 듯한 몇몇 그림들은 내가 비 오는 풍경을 좋아하게 만들어주었어.

이 그림은 비가 주제이자 소재인 그림인데도 비가 그려져 있지 않아. 비를 통해 점점 생기를 되찾아가는 수목과 물 위의 파문을 통해서만 비를 느낄 수 있지. 그런데도 이만큼 비가 잘 표현된 그림이 흔치 않다는 건 재미있는 일이야.

생명이 있는 것, 좋은 것들은 살려주고, 더러운 것, 나쁜 것들은 씻어내주는 비의 미덕이 느껴져서 진짜 비보다도 이 그림이 좋아. 사는 게 팍팍하게 느껴질 때, 알 수 없는 갈증으로 가슴이 탈 때 이 그림을 보면, 나를 채우는 시간이 얼마간 촉촉해지는 걸 느낄 수 있어.

다만 연못에 비가 내리고 있을 뿐인 풍경이 이처럼 새롭게 다가오는 게 신기해. 범상한 풍경을 바라보는 특별한 시선. 그것이 같은 시간과 공간이라도 느슨한 듯 꽉 차게 살아가는 사람들의 비법일 거야. 삶도 그림처럼 내가 어떤 액자를 선택해 갖다 대느냐에 따라 달라지게 마련이니까.

프리츠 소로우 | 물레방아 | 1892, 캔버스에 유채, 81.3×121cm, 필라델피아 미술관

삶과 함께 흐르는 강

ㅣ프리츠 소로우 ㅣ물레방아

아침부터 누군가 거칠게 초인종을 눌러댔어. 현관 밖에는 험악한 인상의 중년 남자가 이맛살을 있는 대로 찡그리고 서 있었지. 한눈에도 뭔가 힘을 쓰는 일로 생계를 잇는 사람 같았어.

"저 까만 차 이 집 차 맞죠? 좀 빼주쇼."

아차 싶었어. 남편이 출근하면서 차 열쇠가 달린 열쇠 꾸러미를 그냥 가지고 나갔거든. 나는 식은땀이 날 정도로 곤란해져서는 기어 들어가는 목소리로 말했어.

"저…… 운전하는 사람이 깜빡 잊고 열쇠를 가지고 나가버렸는데 어쩌죠? 죄송합니다……."

예상대로 남자는 길길이 날뛰었어.

"뭐요? 차를 저렇게 세워놓고 열쇠가 없다고? 아니 뭐 이런 경우가 다 있어! 바빠죽겠는데 내 차 놔두고 택시 잡아타고 가란 말요? 어쩔 거요? 엉?"

동네가 떠나갈 듯한 우렁찬 호통 앞에, 난 그만 연기처럼 사라져 그 상황을 모면하고 싶었지. 내가 그때처럼 남편을 미워했던 순간은 또 없을 거야. 별수 없이 난 싹싹 빌었어. 어쨌든 이쪽이 잘못한 게 맞잖아.

"정말 죄송합니다. 제가 택시비를 드릴게요. 다음부터 조심하겠습니다."

그러자 나를 잡아먹을 것 같던 남자가 갑자기 한풀 꺾여서는 한 발 뒤로 물러났어.

"아니…… 뭐 그렇게까지 할 건 없고……. 거…… 앞으로 조심해요."

남자는 누그러진 목소리로 그렇게 말하고는, 주머니에 손을 찔러 넣고 성큼성큼 걸어가다가 뒤를 돌아보며 한마디를 보탰어.

"내가 원래 성미가 불같아서 그런 거니 이해하쇼. 그리고…… 바깥 분 집에 오면 너무 뭐라 그러지 마요. 살다 보면 그럴 때도 있는 거니까……."

택시비로 건네려던 돈을 쥔 채 나는 멍하니 서 있었어. 마음속에서 잔잔히 물 흐르는 소리가 들리는 것 같았지. 이유는 모르겠지만 어쩐지 그랬어.

노르웨이의 풍경화가인 프리츠 소로우는 확실히 물을 그리는 데 재능이 있는 사람이야. 그걸 본인도 잘 알고 있었는지 거의 모든 그의 그림 속에는 물이 흐르고 있지. 그 물에 유달리 마음이 가는 건 그가 그린 물이 늘 삶의 장소 가까이에서 흐르기 때문이야. 이 그림을 봐. 같은 물레방아지만 마을에서 외따로 떨어진 물가에 있던 우리네 것과는 달라 보여. 물이 삶과 가까이 있어서 그걸 풍성하게 누린다는 느낌이야. 물 위에 떠 있는 차고 촉촉한 공기는 메마른 폐부를 어루만지듯 스며들고, 흐르는 물소리는 피로에 눌린 마음을 안마하듯 보듬고 있지.

흐르는 물을 바라본다는 건 우리가 안다고 생각하는 것보다 훨씬 기분 좋은 일이야. 어쩌다 침 한번 뱉어도 아랑곳없이 맑게 흐르는 물이 '그래도 살 만하잖아, 그래도 살 만하잖아……' 하고 속삭이는 것 같아.

악의로 가득 찬 세상이지만 한 꺼풀만 벗겨보면 그 속에 감춰진 보드라운 진심을 만날 수도 있는데, 우리가 너무 딱딱하게만 사는 건 아닐까? 물처럼 유연해지고, 더러움은 말없이 흘려보내고, 이기심은 침잠시키고…… 그렇게 살 수는 없을까?

남의 실수 때문에 악의를 품어야 했던 그 고단한 아침, 우리 차 앞에 차를 세워두었던 그 남자는 문득 자신의 마음속에 흐르는 물소리를 들었던 게 아닌가 싶어. 홍수도 가뭄도 들지 않는 작은 강을 끼고 있는 이 그림 같은 마을에 산다면 그런 물소리를 듣기가 더 쉬워질 것만 같아.

잃어진 사랑을 목 놓아 부르다

|귀도 레니 |베아트리체 첸치의 초상*

르네상스 시대 로마에서 있었던 일이야.

행세 꽤나 하는 귀족이었던 프란체스코 첸치는 소문난 난봉꾼이었는데, 어울리지 않게도 '천상의 미모'를 가진 베아트리체라는 딸이 하나 있었대.

프란체스코의 대책 없는 욕망은 딸이라고 해서 예외로 두지 않았지. 베아트리체는 열네 살, 젊음이 채 꽃피기도 전부터 성안에 갇혀 아버지의

귀도 레니 | 베아트리체 첸치의 초상 | c.1662, 캔버스에 유채, 64.5x49cm, 바르베리니 궁전 국립고전회화관

노리개로 살아야 했어. 그녀가 그렇게 고통을 당하는 동안 다른 가족들은 뭐 했느냐고? 어머니와 오빠, 남동생, 모두 그녀처럼 학대받으며 살고 있었어. 권력과 재산이 있는 가장으로부터 벗어나 구원받을 길은 그 어디에도 없었지.

열여섯 살이 되던 해, 베아트리체는 스스로를 구원하기로 마음먹었어. 가족들의 도움을 받아 아버지를 살해하고는, 발코니 밖으로 시체를 던진 거야.

하지만 권력에 끈이 닿아 있는 프란체스코의 죽음이 쉬 덮어지지는 않았고, 결국 그녀가 한 일이 들통 나고 말았어. 사람들의 동정에도 불구하고 그녀는 사형을 선고받았지.

사람들은 절세 미녀의 목이 도끼날 끝에 댕강 날아가는 흔치 않은 구경거리를 놓치지 않으려 광장에 구름 떼처럼 모여들었고, 그중에는 당대의 유명 화가 귀도 레니도 있었어.

귀도 레니는 사형대를 향해 비틀비틀 올라가던 베아트리체가 마치 세상에 이별을 고하듯 잠깐, 아주 잠깐 뒤를 돌아보는 모습을 보았어. 순간 그는 예감했지. 자신이 그 얼굴을 영원히 잊을 수 없을 거라는 걸.

화가는 집으로 돌아가자마자 자신의 머릿속에 각인된 그 얼굴을 화폭에 옮겼어.

그림 속 소녀는 막 어둠 속 저 너머로 들어가려는 참이야. 그녀의 왼쪽 어깨에 봉긋한 흰 옷깃을 잡아당기고 싶지만, 그 누구도 그녀를 붙들어둘 수 없다는 건 화가도, 이 그림을 보고 있는 나도 알고 있지. 다시는 그 흰 얼굴을, 맑은 눈동자를 볼 수 없을 거야.

베아트리체에게는 연인이 있었어. 그는 살인을 도왔다는 이유로 고문을 당했지만 끝내 그녀의 이름을 입에 올리지 않고 한발 앞서 세상을 떠났지. 만약 그가 살아서 그녀의 이 얼굴을 보았다면 목 놓아 불렀을 거야.

—가지 마, 가지 마, 가지 마…….

어쩔 수 없다는 걸 알면서도, 오히려 그 외침이 자신을 다치게만 할 뿐이라는 걸 알면서도 그랬을 거야.

사랑이 나를 아프게 하고 실망시킬 때, 나는 나도 모르게 자꾸 가지 말라고 중얼거리게 만드는 이 그림을 들여다봐. 정말로 그녀가 가지 않았으

면 좋겠다는 바람이 간절해질 즈음, 그녀의 애처로운 얼굴이 내 사랑과 겹쳐져.

그렇게 내 품 안에 있는 사랑을 저 어둠 속으로 떠나보내야 한다는 임사(臨死)의 슬픔 속에서 화들짝 깨어나면 어느덧 지혜가 보여. 백일몽에서 벗어난 내가 내 사랑에게 해줄 수 있는 일이 너무나 많다는 것을 알고 안도한다면, 그림 속 그녀에게 미안한 일이 될까?

왜 소중한 것들은 잃을 수도 있다는 걸 깨닫고 난 다음에야 영롱한 빛을 발하는지 알 수가 없어.

---

* 여기 실은 그림은 귀도 레니의 제자 엘리자베타(Elisabetta Sirani)가 그린 원작의 모사이다. 원작보다 주인공의 처연함을 잘 표현했다고 해서 원작보다 유명해졌다.

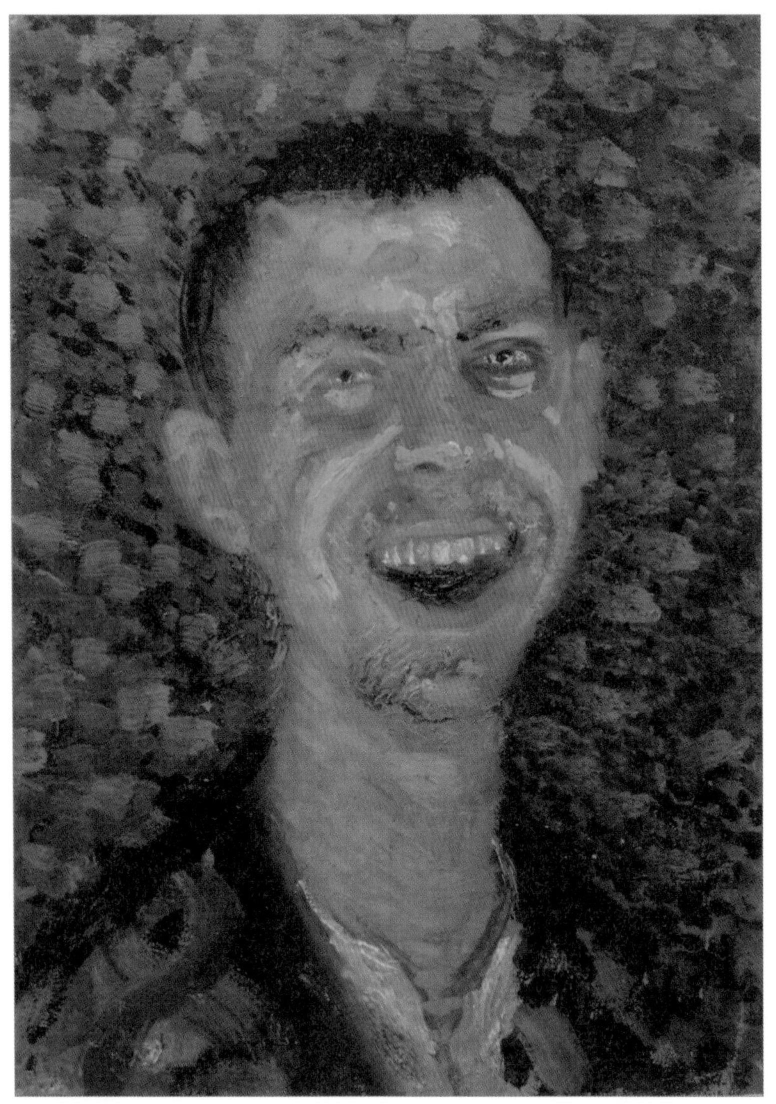

리하르트 게르스틀 | 웃는 자화상 | 1908, 캔버스에 유채, 39×30.4cm, 벨베데레 오스트리아 갤러리

나를 대신해 슬퍼해줄 이

|리하르트 게르스틀 |웃는 자화상

—마틸드…… 마틸드…….

그는 정신 나간 것처럼 여인의 이름을 불렀어. 하지만 아무리 그 이름을 중얼거려도 그를 따듯하게 안아주던 그녀가 돌아올 리는 없었지.

세상의 비난을 견디다 못해 그토록 진저리 치던 괴팍한 천재 음악가 남편, 쇤베르크에게로 돌아가던 그녀의 아픈 뒷모습. 그것을 어떻게 해야 자신의 가슴속에서 도려낼 수 있을까 생각해보았지만 불가항력이었어. 스물다섯 살의 그는 잃은 사랑 외에 다른 삶의 의미는 세상에서 찾아낼 수 없었어.

도무지 어찌할 수 없는 절망을 토해내려고 그림을 그려보았어. 캔버스에는 그녀와의 이별 후 부쩍 축난 얼굴을 한 자신이 웃고 있었어. 왜 웃느냐고? 아무리 쥐어짜도 울음이 나와줘야 말이지. 그러니 어쩌겠어. 울 수 없다면 웃기라도 해야지. 가진 것 없는 그에게 주어진 단 하나의 사랑마저 하필 손끝에 닿지 않는 것으로 신사하고, 그 사랑을 기꺼이 받아들인 그를 절벽으로 내몬 관대한 세상을 향해, 하하하…….

그는 상처받은 심장을 멈추게 해줄 작은 칼과 더러운 세상의 공기를 들이쉬지 않게 해줄 튼튼한 끈을 준비했어. 그러고는 성냥을 그었지. 아틀리에에 그득한 그의 그림들이 활활 불타오르기 시작했어.

이 자화상은 오스트리아의 요절한 천재 화가, 리하르트 게르스틀의 마지막 작품이야. 어딘지 나약해 보이는 청년이 해맑게 웃고 있구나 싶다가도 그 눈동자에 고인 물기를 보는 순간 선득해지면서 가슴이 먹먹해오는 그림이지.

세상의 바닥까지 닿는 슬픔이나 절망을 한 번이라도 느껴본 사람은 알 거야. 울고 싶을 때 마음껏 통곡할 수 있다면 그건 그래도 견딜 만한 슬픔이라는 걸. 이 그림을 처음 봤을 때 가슴 뻐근한 고통이 느껴졌어. 아픔 속에서도 웃을 수밖에 없는 사람의 무너져 가는 내면이 이렇게 적나라하게 드러나는 그림은 일찍이 본 적이 없었지.

그런데도 나는 마음이 많이 아플 때면 하늘 아래 나만 아픈 게 아니라는 생각이 들게 해주는 이 그림을 봐. 엉엉 울 수가 없어서, 또는 울음으로는 자신의 고통을 다 표현할 수 없어서 웃는 모습을 그렸을 이 자화상은 반대로 보는 사람은 울 수 있게 해주거든. 머리가 지끈거릴 때까지 울고 나면 뜨거웠던 머리와 가슴이 식으면서 상쾌한 공백이 밀려와. 세상을 살아내는 재주가 턱없이 부족했고 세상을 이길 능력도 없어서, 원망스러운 세상 대신 자기 자신을 파괴했던 어린 정부(情夫)가 흘렸을 마른 눈물 앞에 내 보잘것없는 슬픔이 증발되는 것이 느껴져. 아이러니이지만 자신의 상처를 치료할 능력이 없었던 그의 그림이 다른 사람을 치료하는 셈이야.

그런 게 아마 예술가의 복이자 업(Karma)이겠지.

제임스 애벗 맥닐 휘슬러 | 회색과 검은색의 협주곡, No.1: 화가의 어머니
| 1871, 캔버스에 유채, 144.3x162.4cm, 오르세 미술관

나를 태우고 있는 마음의 불을 꺼야 할 때

|제임스 애벗 맥닐 휘슬러 |회색과 검은색의 협주곡, No.1: 화가의 어머니

화가 아주 많이 난 적이 있었어. 마음을 주고 가까이하던 사람이 배신이라고 해도 좋을 행동으로 내게 피해를 준 거야. 다시는 그와 상종도 하지 않겠다고 길길이 날뛰었어. 그동안 베풀었던 호의를 다 거둬들여서 그를 곤란에 빠뜨릴 온갖 방법을 구상하느라 며칠 동안 잠도 잘 못 자고, 밥도 잘 못 먹었어. 그러다 끝내는 앓아눕고 말았지. 내 안에서 연기를 모락모락 내던 불이 나를 태우고 내 속을 잿더미로 만들었던 거야.

며칠 후, 내가 앓아누웠단 소식을 듣고 그 장본인이 전복죽을 사 들고 찾아왔어. 분한 마음대로라면야 TV 드라마에서처럼 죽 그릇을 내던지며 나가라고 소리쳐야 옳았겠지만, 나는 그러지 못했어. 글쎄 그는 내가 자기 때문에 그처럼 화가 나 있다는 것조차 모르더라고. 그는 내가 배신이라고 생각한 행동을, 나니까 이해해줄 거라고 멋대로 생각한 거야.

난 독한 호통은커녕 그 앞에서 꾸역꾸역 죽을 먹고 잘 먹었다는 인사치레까지 했어. 그러는 내내 난 왜 이렇게 맘이 약할까 자책을 했는데, 어쨌든 용서 비슷한 것을 하고 나니 마음은 편안해졌어. 그를 불편하고 곤혹스럽게 할 고민을 하지 않아도 되니 복잡했던 머릿속도 개운해졌고. 남을 고통스럽게 한다는 게 실은 나를 더 고통스럽게 하는 일이더라. 내 마음 속 불을 끄고 나니, 다른 누구도 아닌 내게 휴식이 찾아왔어.

코미디 영화 〈빈*Bean*〉에 등장한 탓에 난 이 그림에 편견이 있었어. 그리 곱게 늙었달 수 없는 할머니의 경직된 자세를 그린 이 그림은 영화 속에서 그저 남들이 명화라니까 명화인 그림, 그래서 풍자의 대상이 될 수밖에 없는 그림으로 보일 뿐이었거든. 그런데 오르세에 걸려 있는 이 그

림을 보고, 난 아주 오랫동안 그 앞에 멈춰 서 있을 수밖에 없었어. 예상과는 다르게 이 그림은 놀랍도록 아름다웠어. 깊고 옅은 무채색의 조화가 무척이나 세련되고, 단정하고 고요하게 앉은 엄격한 어머니의 모습은 배경과 '그림 같은' 조화를 이루고 있었지. 색채를 해방시킨 인상파 화가들 덕분에 공기에조차 색깔이 있는 오르세에서 단연 돋보이는 그림이었어.

이 그림을 보면 달아오른 몸과 마음이 차갑게 가라앉는 것 같아. 귓속까지 얼얼하게 만드는 얼음 같은 차가움이 아니라 서서히 열기를 눌러주는 맑은 물 같은 차가움. 그래서 화 때문에 내 몸의 습기를 다 태우고 메말라 지쳤던 그때, 이 그림은 겨우 불길만 잡고 쌔근쌔근 남아 있던 열기를 잠재우는 데 조금쯤 도움이 되었어. 하지만 한번 화를 내면, 비록 머릿속에서는 잊힐지라도 몸은 일주일을 앓을 정도로 내상을 입는대. 역시 큰불을 낸 다음에 끄려고 애쓰기보다는 처음부터 불씨를 조용조용 다독이는 게 지혜로운 일이었던 거야.

진작 이 그림에 물어볼 걸 그랬어. 속 좁은 옹고집이 아니라 준엄한 도덕적 심판이라고만 믿었던 내 화, 내 마음속 불이 정말 그럴 만한 것이냐고.

라울 뒤피 | 프롬나드 데 장글레 | c.1928

지금 너에게 필요한 건
달콤한 자유

|라울 뒤피 |프롬나드 데 장글레*

몇 년 전, 친정에 놀러 갔다가 낯선 액자 하나가 벽에 걸려 있는 걸 보았어. 어느 남국의 해변을 그린 가벼운 느낌의 수채화였는데, 그림이 어디서 난 건지 물으니 엄마는 이렇게 대답하셨지.

"누가 줬어. 그림이 어째 좀 엉성한 게 그 집 딸이 그린 건가 봐. 마침 이 벽이 허전한데 액자가 좋아 보여서 가져왔다."

듣고 보니 스케치나 채색이 하다 만 것 같기도 하고, 정말 아마추어가 그린 것 같았어. 그래도 느낌이 시원시원한 게 좋아 보여서 잘 얻어 오셨다고 한마디 했지.

그런데 그 이후로 친정집에 갈 때마다 그 '엉성한' 그림이 자꾸 눈에 들어왔어. 그림 하나로 거실이 환해지고 좀 더 넓어진 듯한 느낌까지 들더라고. 게다가 사람들이 모여 앉은 분위기도 맑고 화사해진 것 같았지. 그림에 시선이 갈 때마다 묘한 청량감이 들면서 기분이 좋아졌어.

급기야 나는 그 그림이 탐나기 시작했어. 염치없이 나한테 주면 안 되겠느냐고 말을 내자, 엄마는 저걸 떼 가면 벽에 자국이 나서 못 쓴다면서, 나중에 이사라도 가면 가져가라고 하셨지. 하지만 몇 년이 지나도 이사는 하지 않았고, 나는 한참 후에야 굳이 그 그림을 부모님에게 강탈해 올 필요가 없다는 걸 알게 되었어. 그건 프랑스 야수파 화가 라울 뒤피의 작품 〈프롬나드 데 장글레〉라는 그림의 모사였던 거야.

뒤피는 점묘파, 야수파 등에 속한 여러 화가들의 영향을 두루 받았고, 다양한 화법으로 그림을 그린 사람이야. 그의 화집들을 훌훌 넘겨보면 도대체 이 사람이 어떤 화가인지 종잡을 수 없을 정도야. 그러다 그림 인생

의 어느 시점에서 자기만의 스타일을 찾았고, 사람들이 열광하는 뒤피 그림의 대부분은 그 이후에 그려진 것들이지.

내게 마음대로 화가의 재능을 선택할 수 있는 기회가 주어진다면, 뒤피처럼 그림을 그리고 싶어. 행복해지고 싶은 욕구, 즐거워지고 싶은 욕구를 마음대로 분출할 수 있는 그의 그림은 마치 축제 같거든. 이 그림 〈프롬나드 데 장글레〉도 그래.

내가 '엄마 친구 딸의 습작'이라고 착각했던 이 그림에서는 단숨에 슥슥 그려냈을 것 같은 빠르고 가벼운 붓놀림이 느껴져. 사실 묘사와는 거리가 먼 그림인데, 오히려 그런 점이 니스 해변의 신선한 공기를 직접 마시는 듯한 기분이 들게 하니 신기한 일이야. 일체의 선입견과 정보 없이도 나를 빨아들였던 이 그림을 볼 때면 마치 눈으로 기막히게 맛있는 디저트를 먹는 기분이 들어.

몇 년 동안 필생의 역작으로 그린 명화들은 잘 모르고 봐도 힘들게 그렸다는 것을 짐작할 수 있어. 그래서인지 그런 그림들에서는 인생의 중압감과 경이를 느끼게 돼. 반면 이 그림처럼 화가가 쉽게 그렸을 것만 같은 그림에는 또 다른 종류의 감동이 있어. 물론 쉽게 그렸을 것같이 생겼다고 해서 진짜로 쉽게 그리는 건 결코 아니지만, 보는 사람들에게만큼은 삶의 무게를 잠시 잊고 자유로운 휴식을 취할 수 있게 해주는 거야. 그건 일종의 대리 만족이기도 하지.

휴식이 필요해? 소파에 몸을 놀리고 있어도 좀처럼 마음을 쉬지 못하는 건 아닌지……. 그렇다면 이 그림과 휴식을 같이해봐.

골치 아픈 인간관계? 슥슥. 힘에 부치는 일거리? 슥슥. 꼬이기만 하는 일상사? 슥슥. 그저 슥슥 그리기만 하면 될 것 같은 이 그림 속에서라면 삶의 어려움으로부터 놓여날 수 있을 거야. 어쩌면 산다는 건 맘먹기에 따라서 미켈란젤로의 그림보다 뒤피의 그림에 가까운 것일지도 모르지.

* '영국인의 산책로' 라는 의미로, 니스에 위치한 해변가의 산책로이다.

내 마음의 예쁜 부적 하나

|존 에버렛 밀레이 |나의 첫 번째 설교 |나의 두 번째 설교

에피는 유난히 부산스러운 아침을 맞고 있었어. 조그만 발을 동동 구르며 머리를 예쁘게 빗겨달라고 안달하기도 하고, 아끼는 모자를 꺼내 요리조리 써보기도 했지. 오늘은 다섯 살짜리 꼬마 아가씨 에피가 처음으로 엄마 아빠를 따라 예배를 드리러 가는 날이야.

앙증맞은 빨강 망토를 두른 에피를 보다 말고 그는 자신이 한참 전부터 천치같이 웃고 있다는 사실을 깨달았어. 자신의 아이를 사랑하지 않는 아

존 에버렛 밀레이 | 나의 첫 번째 설교 | c.1863, 수채, 길드홀 아트 갤러리

버지가 있을 리 없겠지만 에피는 정말 특별한 의미였지.

그가 사랑한 또 다른 에피, 바로 지금의 아내 에피 밀레이는 친구의 아내였어. 그는 전남편과 애정 없는 결혼 생활을 하던 에피와 사랑에 빠졌고, 둘은 많은 사람들을 상처 입히며 사랑을 이루었지. 사랑을 얻은 대가로 그는 평생 부도덕한 사람이라는 오명을 달고 살아야 했어. 최고 실력을 자랑하는 화가이면서도 여왕의 미움을 받아 왕족의 초상은 그릴 수 없었고, 그림 전시가 거부된 적도 있었지. 그 치열한 사랑의 결실이 바로 저 사랑스러운 꼬마 에피였던 거야.

—에피, 예배 시간에는 숙녀답게 얌전히 굴어야 한다. 장난을 치거나 떠들면 안 되는 거야.

엄마의 당부에 심각한 얼굴로 고개를 끄덕이는 에피를 보고 그는 다시 한 번 미소를 지었어. 엄마를 닮은 딸의 모습에는 세상 모든 근심을 잊게 하는 힘이 있었지. 그는 보는 사람을 절로 웃게 만드는 어린 딸의 사랑스러움을 그림으로 남기고 싶다고 생각했어.

내 동생은 돌이 채 안 되었을 때 찍은 내 딸의 사진을 오랫동안 방에 붙

여놓았어. 그런데 그건 얼굴의 장점이 돋보이게 잘 나온 사진이 아니라 지구의 아이답지 않은 해괴한 표정으로 웃고 있는 사진이었지. 하필 조카의 '엽기 사진'을 모셔놓는 이유를 물었더니, 제아무리 기분이 안 좋을 때라도 그 사진만 보면 반사적으로 웃음이 나오기 때문이라나.

아이들의 꾸밈없는 모습에는 세상에 대한 면역 기능이 있나 봐. 푸훗, 재채기하듯 웃으면서 아픔과 우울 따위는 잊어버리는 거지. 밀레이의 그림 〈나의 첫 번째 설교〉와 〈나의 두 번째 설교〉는 바로 그렇게 재채기하듯 사람을 웃게 만드는 그림이야.

〈나의 첫 번째 설교〉를 보면 나름의 진지함으로 예배에 몰두하는—사실은 몰두하는 척하는—아이의 긴장한 표정에 미소를 짓게 돼. 아이들은 원래 하나하나가 작은 원칙주의자거든. 예배 시간엔 경건해야 한다고 배웠으니 눈에 이 정도 힘은 줘야지. 이 그림을 본 다음 바로 1년 뒤에 그려진 〈나의 두 번째 설교〉를 보면 와락 웃음이 터져. 아이는 벌써 예배에 익숙해졌나 봐. 원칙은 원칙인데, 설교는 무슨 말인지 알아먹을 수가 없고 도무지 쏟아지는 잠을 이길 수가 있어야지. 아예 모자까지 벗어놓고 졸고 있어.

난 무방비 상태인 아이들의 모습이 좋아. 어른들을 의식하는 아이들은

나의 두 번째 설교 | 1864, 수채, 빅토리아 앨버트 미술관

사뭇 작은 악마 같아 보이는 면모가 있지만, 자기 본연의 순수함에 몰두한 아이들의 얼굴에는 알 수 없게 흐뭇한 반짝임이 있어. 그건 세상을 살 만한 것으로 느끼게 하는 보석 같은 거야.

그래서일까? 뭔가를 탁 털어버리고 싶은 심정일 때는 이 그림을 보게 돼. 푸훗, 재채기하듯 웃고 나면 코와 목 사이에 껄끄럽게 걸려 있던 시답잖은 비애 정도는 가뿐하게 뱉어낼 수 있으니까.

아이보다 깊은 잠을 자고 싶다

| 에두아르 뷔야르 | 침대에서

"잘 지내라."

이별 통보를 받은 건 자정을 조금 앞둔 시간이었어. 전화를 끊고 자리에 누웠지만 잠은 오지 않았지. 온갖 잡념들로 가득한 머릿속을 조금이라도 비우기 위해 몸을 일으켜 영화를 보았지만, 영화 내용이 머리에 들어올 리 없었어. 그러다 딱 한 장면, 여주인공이 연인과 헤어지고 자리보전을 하고 눕는 모습이 눈에 띄었는데, 그녀는 겨울잠을 자듯 계속 잠만 자

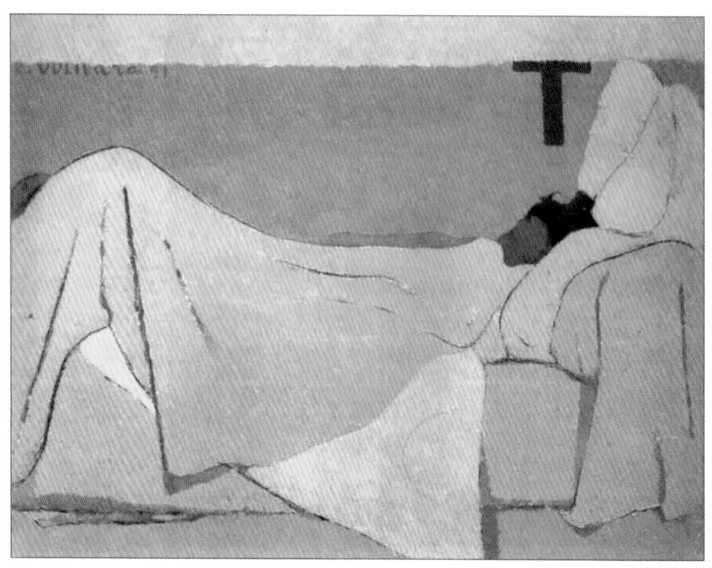

에두아르 뷔야르 | 침대에서 | 1891, 캔버스에 유채, 73×92.5cm, 오르세 미술관

는 거야. 동거하는 친구가 밥을 먹으라고 깨워도 일어나지 않고, 전화가 울려도 꿈쩍도 하지 않은 채 그냥 자기만 했어. 그게 여주인공의 충격을 표현하기 위한 방법이라는 걸 알면서도, 내 입에서는 나도 모르게 이런 말이 흘러나왔지.

"복도 많은 여자군. 저런 꼴을 당하고도 잠을 잘 수 있다니."

그건 진심이었어. 난 이별을 한 그날 단 일 분도 잠을 잘 수 없었거든.

깊은 잠을 잘 수만 있다면 삶이 지금처럼 무겁지는 않을 거라고, 나는 믿어 의심치 않았어.

그림 속의 아이는 침대에 폭 파묻혀 잠을 자고 있어. 전통적으로 잠을 자는 모습은 죽음에 가깝게 묘사되는 경우가 많은데, 이 그림에서는 생명력이 느껴져. 몸을 감싼 이불은 햇볕에 탈탈 털어 말렸을 법하게 고슬고슬하고, 이불을 턱까지 끌어당겨 덮은 모습이나 무릎을 세우고 자는 자세가 역동적이어서 그런가 봐. 침실이 노란빛으로 가득 차 있는 것으로 보아 아침인 듯한데, 아이에게는 아직 일어날 기미가 안 보이네. 이 그림이 아이를 흔들어 깨워야 하는 어머니의 시선이라면 저 잠이 얼마나 귀하고 아까울까. 나라면 조금만 더, 조금만 더, 하다가 아이가 지각하게 하고야 말 것 같아.

아이들의 잠은 탐스러워. 저녁에 단숨에 잠이 들고는 다음 날 날이 밝을 때까지 쌕쌕 고른 숨을 내쉬며 세상 모르게 자. 아이들의 팔팔한 생기가 그 잠에서 온다는 걸 부인할 사람이 있을까.

나는 꿈도 없는 깊은 잠을 자본 기억이 별로 없어. 어른이 된다는 것, 그리고 나이가 들어간다는 것은 자기 자신을 잠시 잃어버릴 만큼의 완전한 잠에서 멀어진다는 게 아닐까. 무의식에 들어가면서 잠시지만 더할 나위 없이 깊은 잠에 빠지게 한다는 최면에 걸려보고 싶다는 생각도 여러 번 해봤어.

어떤 걸까? 꿈도 없는 깊디깊은 잠에 땅속으로 몸이 푹 꺼지듯 빠져들었다가 백 년을 자고 일어난 듯 개운하게 깨어나는 기분이라는 건. 그림 속 아이처럼 매일 아침 이렇게 보송보송한 느낌으로 일어날 수 있다면 슬픔도, 짜증도, 아픔도 잊고 갓 따 온 야채처럼 신선하고 새롭게 하루를 맞이할 텐데.

유난히 피로한 날 이 그림을 보면, 저 아이가 내 잠을 대신 자주는 듯 마음이 편안해져. 이렇게 자꾸 마음이 평화로워지다 보면 언젠가는 나도 달콤하고 깊은 잠을 잘 수 있지 않을까?

존 에버렛 밀레이 | 신부 들러리 | 1851, 패널화, 27.9×20.3cm, 피츠윌리엄 박물관

내 사랑은 어디에 있을까

ㅣ존 에버렛 밀레이 ㅣ신부 들러리

오늘은 그녀의 사촌이 결혼하는 날이야. 자신이 결혼하는 것도 아니면서 그녀가 이렇게 긴장하는 건 신부의 들러리를 서주기로 했기 때문이지. 오렌지빛으로 빛나는 머리카락을 정성스레 빗고, 오렌지꽃을 가슴에 꽂아 장식하고, 백합처럼 아름답고 행복한 신부를 결혼식 내내 떨리는 마음으로 지켜보았어.

결혼식 후에는 들러리들만의 은밀한 의식이 기다리고 있었어. 신부의 결혼반지를 쥐고 그 틈으로 결혼 케이크에서 떼어낸 조각을 아홉 번 통과시키면 훗날 결혼하게 될 남자의 얼굴을 볼 수 있다나. 그녀는 이제까지 남자를 사귄 적이 없어.

—그는 어떤 사람일까? 설마 가끔 멀찍이서 본 적이 있을 뿐인 존슨 씨네 도련님은 아니겠지? 그보다는 다정하고 멋진 사람이면 좋겠어.

드디어 그녀는 신부에게 빌린 결혼반지를 꺼내 들고, 터질 듯 뛰는 가슴으로 세심하게 손가락을 움직였어. 하나, 둘, 셋……. 사랑의 여신이건 마녀건 다른 누구건 환상을 보여줄 존재에게 기도를 하면서 그녀는 저 너머 미지의 세계에 눈길을 던지고 있어.

그녀는 정말로 미래의 사랑을 보게 될까?

그림 속 아름다운 소녀는 아직 남자를 알지 못하는 게 분명해. 그걸 어떻게 아느냐고? 그림이 순결을 상징하는 오렌지로 그득하잖아. 화면을 반 이상 채운 소녀의 빛나는 머리카락이 다름 아닌 오렌지빛이고, 가슴에는 오렌지꽃을 꽂고 있어. 심지어 케이크에는 오렌지가 통째로 턱 하니 얹혀 있고. 이쯤 되면 제아무리 눈치 없는 사람이라도 그녀가 순결하다는

걸 알아채지 못할 도리가 없지.

그런 그녀가 온 힘을 기울여 주술이 주는 환상을 주시하고 있어. 청초한 얼굴의 그녀가 마치 황홀경에 빠진 마녀처럼 보이는 건, 나름의 신성한 의식에 몰두한 진지함 때문일 거야. 그녀가 지금쯤 미래의 남편감을 보았을지는 알 수 없지만, 그런 그녀의 덜 여문 기대와 꿈이 보는 사람을 안타깝게도 하고 아스라한 옛 기억을 떠올리게도 하지.

나와 항상 어울려 다니던 단짝 친구가 열애를 할 때 난 혼자였어. 그런데 하루는 그 애가 내게 이렇게 말하는 거야.

"넌 좋겠다, 누군가와 사귀고 있지 않아서. 가능성이 열려 있잖아. 앞으로 누구든 만날 수 있어."

날 놀리는 건가 싶어 왈칵하려는데, 뜻밖에도 그 애는 진지한 표정인 거야. 그때는 그 말에 어떤 진심이 담겼다는 건 눈치챌 수 있었어도, 그 의미까지는 이해할 수 없었어. 십 년쯤 지난 후 뒤늦게 그 말을 떠올리고야 제 뜻을 해석할 수 있었지.

지금 생각해보면 그 애는 연인을 끔찍하게 사랑하고 있었나 봐. 아직 어렸지만 그와 영원히 헤어질 수 없을 거라고 생각했고, 그래서 평생의 사랑이 이미 결정됐다고 믿었던 거야. 그래서 앞으로 만날 사랑을 기대하는 두근거림이 있고, 또 얼마든지 멋진 사람을 만날 수 있는 내 열린 미래가 부러웠던 거지. 건방지게도 요즘의 내가 싱그러운 어린 아가씨들을 보며 느끼는 감정을 그녀는 그때 이미 느꼈던 거야. 그것도 동갑내기 친구인 나를 보며 말이야.

신비로운 그림 속의 저 소녀도 완성되지 않았기에 한없이 찬란한 미래를 가졌어. 무엇이든 가질 수 있고, 누구든 만날 수 있는. 그래서 가장 아름다우면서도 한편으로는 가장 고통스러운 시절을.

어쩌면 우리는 인생의 어느 시점에서건 저마다 할당된 가능성을 갖고 사는 건지도 몰라. 손에 쥔 게 없다는 건 앞으로 무언가를 손에 넣을 수 있다는 뜻이지. 억지로라도 기억을 떠올려보자면 정말로 누군가를 만날 가능성으로 외로움을 감미롭게 즐겼던 것도 같은 그때의 나처럼, 소유가 없는 빈손을 하루하루 설레어 하며 살 수 있다면, 그 어떤 일상이든 특별해질 거야.

기억은 내 봄날의 소풍처럼

|클로드 모네 |개양귀비꽃

그는 가난한 화가였어. 세상 사람들에게 인정받지 못하는 그림만 그리며 아버지의 도움 없이는 빵 한 조각 살 수 없는 위인이었지. 그런 그를 조용히 지켜보는 여자가 있었어. 그동안 그가 그림을 그릴 때마다 모델이 되어주었던 카미유.

둘은 사랑에 빠졌고 결혼식도 올리지 못한 채 부부가 되었어. 그리고 끝까지 결혼을 반대하던 그의 아버지는 그나마 삶을 이어주던 생활비마

클로드 모네 | 개양귀비꽃 | 1873, 캔버스에 유채, 50x65cm, 오르세 미술관

저 끊어버렸어.

둘은 잔인하다고 할 수 있을 정도의 가난 속에서도 사랑을 하고 그림을 그렸어. 그러는 사이 깜찍한 아들 하나가 태어났어. 그는 아들의 이름을 장이라고 짓고 몹시도 사랑했지.

그들이 소풍을 나간 어느 날이었어. 들판에는 밤새 새빨간 눈이라도 내린 것처럼 개양귀비꽃이 지천으로 점점이 피어 있었지. 그는 그 풍경이 마음에 들었어. 당장 화구를 펼쳐 저만치 꽃 사이를 거니는 아내와 아들을 스케치했어. 향기로운 자연과 사랑하는 사람들이 있는 모습 자체가 그에게는 천상의 그림이었으니, 그는 그저 그것을 담뿍 떠올리듯 캔버스에 옮겨 담기만 하면 되었어.

—아—빠! 이거 보세요. 제가 엄마 드리려고 꽃을 꺾었어요!

어린 아들의 종달새 같은 외침에 잠깐 웃으며 손을 흔들어준 그는 다시 그림 속 화사한 빛깔로 눈을 돌렸어. 세상에 아랑곳 않고 제멋대로 붓과 사랑을 택해 산 사람만이 누릴 수 있는 붉은 기쁨이 화폭을 가득 채우고도 넘쳐 뚝뚝 흐르고 있었어.

이 그림은 경제적으로 어려웠던 젊은 시절의 모네가 간신히 그림 몇 장을 팔아 살 곳을 마련했던 아르장퇴유에서 그려졌어. 아내 카미유가 그 얼마 후 남편과 어린 아들을 두고 세상을 떠났다는 사실을 알기 전부터, 나는 이 그림에서 '추억'이라는 단어를 떠올렸어. 무언가를 보고 그렸다기보다 기억을 더듬어서 그린 것만 같은 아련한 아름다움이 이 그림에는 있거든. 사물의 형태보다는 빛에 주목하던 모네 특유의 화풍이 유난히 그리움을 불러일으키지.

삶의 모양은 결국 추억이 만들어가는 거래. 알고 보면 서로 별다를 바 없는 모습으로 살아온 사람들이 수많은 일상 중 간직하고 싶은 것만을 고르고 골라 담아둔 기억의 총체, 그게 인생이래. 이 그림 속의 그날, 실제로는 어린 아들 장이 말썽을 피우다 호되게 야단을 맞았을지도 모를 일이야. 풀밭 사이로 지뢰처럼 널린 가축의 분뇨를 밟은 아내가 열이 날 정도로 짜증을 냈을 수도 있어. 그게 삶이잖아. 하지만 모네는 그날의 소풍에서 찬란한 무언가를 보았고, 그걸 그림으로 남기기로 결정했어. 요절한 아내와 달리 천수를 누렸던 모네에게, 이 그림은 젊은 날의 행복하고도 아픈 추억으로 남았겠지. 피처럼 붉던 아내의 젊음이 꽃처럼 지던 날의 슬픔보다 더 선명하게.

지금 내가 디디고 있는 하루하루를 들여다보면, 기쁘지도 슬프지도 않은 하루하루가 그저 흘러가고 있는 것 같아. 하지만 십 년쯤 후에 돌아볼 이즈음은 분명 무색무취의 시간들이 아닐 거야. 그건 이미 날것 그대로의 삶이 아니라, 추억으로 가공된 하나의 의미 덩어리니까. 취사선택된 기억이 추억이 되고, 그 추억의 질이 그 사람이 살아온 삶의 질이 된다면, 지금 내가 어떤 시기를 살고 있든 소홀할 수 없는 거잖아. 힘을 다해 사랑할 수밖에.

가장 혹독했던 시간들마저 추억으로 만든 모네처럼 찬란한 봄날 개양귀비꽃 만개한 들판에 소풍 나온 기분으로 오늘도 추억을 만들어야지.

빌헬름 함메르쇼이 | 실내 | 1899, 캔버스에 유채, 64.5×58.1cm, 테이트 갤러리

누군가 그대 뒷모습 바라봐 줄 이 있을 때

ㅣ빌헬름 함메르쇼이 ㅣ실내

그와의 이별을 마음속으로 준비하던 어느 날이었어. 그에게도 헤어짐을 준비시키기 위해 함께 있는 내내 차갑게 대하며 그를 슬프게 했지. 미안하고 가슴이 아팠지만 그때의 난 그래야만 했어.

나를 집 앞까지 바래다준 그는 가로등이 켜진 어두운 골목길에서 인사를 하고 뒤돌아갔어. 그는 '먼저 들어가, 들어가는 거 보고 갈게' 따위의 말은 할 줄 모르는 사람이었지.

그렇게 총총히 그는 멀어져 갔어. 걸음은 성큼성큼 빠른데도 어깨는 기운 없이 처져 있었지. 멋지게 옷을 입는 재주가 꿈에도 없는 그의 맵시 없는 코트 자락이 가끔 바람에 흔들렸어.

그가 더는 보이지 않게 되고 나서야 비로소 나는 내가 하염없이 그의 뒷모습을 보고 있었다는 걸 깨달았어. 그리고 그제야 처음으로 내가 그 사람을 사랑하고 있다는 걸 알게 되었지.

덴마크 화가 함메르쇼이는 아내인 이다의 뒷모습 그리기를 좋아했어. 이 그림 〈실내〉에도 아내의 뒷모습이 마치 정물화의 소품처럼 고요히 놓여 있어. 탁자에 물컵 하나 없는 말끔한 실내에서 눈부시게 하얀 목덜미를 보인 채 뒤돌아선 그녀가 무엇을 하는지는 알 수가 없어. 탁자에 내려놓았던 편지를 집어 읽고 있는 것 같기도 하고, 그냥 선 채로 잠깐 생각에 빠져 있는 것 같기도 해. 베르메르의 그림을 연상시키는 정적이지만 그보다 쓸쓸해 보이는 건 아마 가라앉은 무채색과 표정을 알 수 없는 저 뒷모습 때문일 거야. 홀로 있는 사람의 뒷모습이란 언제나 외로움을 적나라하게 드러내는 법이니까.

화가는 아내를 많이 사랑했나 봐. 사람의 뒷모습을 본다는 건 그 사람의 존재를 한 번 더 생각해본다는 거야. 쌍방의 소통이 없을 때에도 그 존재를 인식한다는 건 상대방을 항상 마음에 담아둔다는 뜻이지.

보통 사람들은 표정을 볼 수 없는 타인의 뒷모습에는 흥미를 느끼지 못해. 왜냐하면 사람들이 다른 누군가를 보는 건 표정으로 짐작할 수 있는 그 사람 생각 속의 '나'를 보기 위한 일이니까. 결국 상대가 아닌 나를 보는 거지. 그러니까 누군가의 뒷모습을 본다는 건 나 자신을 의식하지 않고 순전한 그 사람 자체를 바라보는 거야.

이 그림을 보면 그림 속 그녀가 만들어내는 공기를 숨죽여 호흡하며 지켜보는 화가의 눈길이 느껴져. 눈을 깜박이는 소리조차 공명할 것 같은 저 공간에서 하나의 우주를 가득 채우고 있는 그녀의 존재감.

누군가 네 뒷모습을 바라봐 줄 이가 있다면, 그것만으로도 너는 행복한 거야.

프란스 할스 | 야외 가족 초상화 | c.1620, 캔버스에 유채, 151x163.6cm, 보인 자작

웃는 초상화 한 점 추가요

|프란스 할스 |야외 가족 초상화

새집으로 이사를 앞두고 나는 행복한 갈등에 빠졌어. 집을 대체 어떻게 꾸미면 좋을지 갈피가 잡히지 않았던 거야. 몇 개의 소품만으로도 감각 있어 보이는 모던한 스타일로 할까? 아니면 집을 동화 나라로 만들어줄 프로방스 스타일로? 그것도 아니면 묵직하고 귀족적으로 보이는 앤티크 스타일? 인테리어 잡지를 통독하고 모델하우스를 기웃거려보아도 도무지 결정을 내릴 수가 없었지.

그러다 인테리어에 감각 있기로 소문난 지인의 집에 초대받아 가게 되었어. 아파트 베란다에는 푹신한 인조 잔디가 깔려 있고, 거실 천장에는 당시 한창 유행하던 샹들리에가 멋지게 드리워져 있었어. 집 안 어디로 눈을 돌려도 멋이 뚝뚝 흐르는 카페 같은 집이었지.

감탄을 거듭하다 나도 이렇게 꾸며야지 결심한 순간, 인조 잔디의 빽빽한 줄기 사이에서 뭔가 시커먼 것이 눈에 띄었어. 자세히 보니 다름 아닌 머리카락인 거야. 베란다에 널었던 빨래에서 떨어진 머리카락과 실오라기가 쌓여서, 어찌할 도리 없이 엉켜버리고 말았던 거지. 아름다움의 당황스러운 이면이었어. 하지만 그건 시작에 불과했어. 서양 저택처럼 천장이 높지 않은 아파트에 걸어놓은 샹들리에는 오갈 때마다 머리에 닿아 신경이 쓰였고, 유럽풍 장식장에는 하루에도 몇 번씩 걸레질을 하지 않으면 먼지를 뒤집어쓸 성가신 소품들이 가득했어. 잡지에서나 보던 멋스러운 쿠션들이 세팅된 소파는 어찌나 앉기 불편하던지……. 그동안 꿈꾸던 아름다움이라는 게 얼마나 불편한 것인지 깨달은 그날, 내가 집으로 돌아가서 선택한 것은 '내추럴 스타일'이었어. 다른 말로 하면 '되는 대로 편하게 꾸미자!'

대개의 초상화를 보면 모델이 웃고 있는 경우가 드물어. 인상파 이전의 아카데믹한 그림들은 더더욱 그렇지. 부유한 사람들이 부를 과시하기 위해 그리는 것이었던 초상화의 특성 때문이라나 봐. 웃는 모습을 품위 없다고 여겼던 옛사람들은 이왕 목돈을 쓸 바에야 가장 '비싸 보이는' 표정을 남기고 싶어 했어.

그런데 할스의 초상화들은 달라. 그의 초상화는 그림을 잘 모르는 사람이라도 한눈에 알아볼 수 있을 만큼 독특해. 이 그림을 봐. 맘먹고 포즈를 취한 모습이 아니라 사진을 한 방 찍기 전 왁자하게 수다를 떠는 모습을 몰래 '찰칵'한 듯한, 특유의 자연스러운 표정이 살아 있잖아.

이 가족 초상화는 일곱이나 되는 자녀를 둔 가족이 서로 얼마나 사랑하는지 엿볼 수 있게 해줘. 당시 네덜란드에서는 깃에 레이스 장식이 있는 옷을 입으면 상류층이었어. 초상화를 그렸다는 것 자체가 상류층이라는 증거이기도 하지만 말이야. 집단 초상화이니만큼 사례금도 아주 비쌌을 텐데, 이 그림에서는 그런 부담이 주는 경직된 모습이 보이지 않아. 당시 중계무역으로 큰 부를 누렸던 네덜란드 상인 집안일 가능성이 높은 이들에게는 부를 자랑하는 일에 혈안이 돼 있는 벼락부자의 위선이 없는 듯해.

이왕 집 안을 장식하는 거, 근엄하고 비싸 보이는 가족 초상화를 걸고 싶은 마음이 그들에겐들 없었을까. 하지만 그들은 겉멋보다, 가족의 사랑과 편안함이 담긴 그림을 선택했어. 내가 유행하는 온갖 '스타일'을 포기하고 그냥 '쉴 수 있는' 소박한 공간으로 새집을 꾸몄듯이. 그건 생각보다 용기가 필요한 일이야.

너는 단 한 장밖에 그릴 수 없는 초상화에 근사한 무표정을 걸어두는 사람이야, 아니면 편안하게 웃는 얼굴을 걸어두는 사람이야?

난 웃는 쪽에 한 표. 어떤 천재적인 사진사가 할스의 이 초상화만큼 미소를 포착해줄 수 있다면, 기꺼이 사람 냄새 묻어나는 경망스러움을 택하겠어. 오래 두고 볼 무언가를 시간이 지날수록 가치 있게 하는 건, 겉멋이 아니라 그것이 지닌 감정의 기억이니까.

책을 들고 소풍을 가다

ǀ장 오노레 프라고나르 ǀ책 읽는 여인

열다섯 살에 토마스 하디의 『테스』를 읽고 나서 나는 열병을 앓았어. 아름답게 묘사된 테스와 에인절의 사랑과 비극에 마음이 저릿해져서, 며칠 동안 소설 속 세계에서 헤어나지 못하고 잔뜩 달떠 지냈지.

그리고 한참 후, TV에서 바로 그 『테스』를 원작으로 한 영화를 방영한다는 말을 듣고 얼마나 기대를 했는지 몰라. 내가 들어본 가장 낭만적인 이름이었던 테스와 에인절이라는 주인공이 어떤 모습으로 나올지 궁금

장 오노레 프라고나르 | 책 읽는 여인 | c.1776, 캔버스에 유채, 81.1×64.85cm, 내셔널갤러리(미국 국립 미술관)

했어.

그런데 그렇게 기대했던 영화를 보고 난 내 느낌은, '대실망'이었어. 남녀 주인공은 내 상상에 턱없이 못 미치는 외모였고, 이야기 전개도 책처럼 재미있지 않았지. 그건 내가 모처럼 책으로 얻은 감동을 산산조각 낸 일이었어. 그 이후로 나는 감명 깊게 읽은 책을 원작으로 한 영화는 절대로 보지 않게 되었어.

나중에 시간이 많이 지난 다음 알고 보니 그 영화의 여주인공은 나스타샤 킨스키였더라고. 내가 아는 여배우 가운데 가장 매력적인 사람 중 한 명이지. 그런데도 당시 내 상상 속에서 미소 짓던 테스의 아름다움에는 나스타샤 킨스키의 치명적인 아름다움조차 발끝에도 미치지 못했던 거야. 그건 그러니까 나만이 감상할 수 있는 아름다움이었지. 책을 읽는 사람들에게는 다른 사람들이 보지 못하는 것, 감히 눈으로 표현하지 못하는 것들을 누릴 수 있는 특권이 있어. 책을 읽는 사람들은 저마다의 블록버스터를 가지고 있는 거야.

보통 그림에서 책 읽는 여인을 묘사할 때는 그 모습 자체가 풍경의 일

부인 경우가 많아. 낙엽 지는 가을 벤치에서 책을 읽는다든지, 눈부신 봄꽃 사이에 앉아 책을 읽는다든지. 그리고 그런 그림 속에서 여인들의 책은 하나의 소품으로 그치는 경우가 대부분이고. 그런데 이 그림은 조금 달라. 한눈에도 이 여인은 정말로 독서에 몰두한 것 같아. 불편하기 짝이 없는 바로크풍 의자가 아닌 아무 무늬도 없는 푹신한 쿠션에 등을 푹 기댄 채 우아한 귀족 아가씨로서의 체면은 잠시 잊은 듯하잖아. 그림을 볼 때마다 책을 읽고 싶어지는 아름다운 몰입이야.

독서에 푹 빠진 그녀는 총명해 보여. 책을 들고 있어서가 아니라 가식적이지 않으면서도 틀이 잡힌 자세와 표정이 그녀의 지성을 짐작하게 하지. 핑크빛 드레스를 입고 동그랗게 놀란 눈을 한 프라고나르의 다른 그림 속 여인들과는 판이하게 달라. 낭만적이고 화사한 그림만 그리던 그가 전혀 다른 스타일의 그림을 한 번도 아니고 몇 번씩 그린 걸 보면 그만큼 이 장면이 매혹적이었나 봐.

지금쯤 여인은 짙은 눈썹을 가진 청년의 목숨을 건 사랑을 받고 있을지도 몰라. 왕비를 알현하고 사교계의 스타로 떠오르고 있을지도 모르지. 누가 뭐래도 지금 그녀는 진짜보다 더 진짜 같은 그것들을 누리고 있는 거라고.

책이란 게 원래 그래. 난 책을 읽다가 커피를 마시는 장면이 나오면 견딜 수 없이 커피가 마시고 싶어져. 실제로 김이 모락모락 나는 커피를 볼 때는 꿈쩍하지 않다가도 소설에서 커피가 등장하면 여지없이 가게로 달려가게 돼. 진짜 커피보다 더 향기롭고 따뜻한 소설 속 커피에 매혹되어서 말이야.

모처럼 감정적으로 집중하고 싶은 책이 손에 들어오면 나는 예쁜 구두를 신고 가방에 책을 넣어 카페로 가. 집에서 늘어난 티셔츠 차림으로 소파 위를 뒹굴면서 봐도 되는 책이 있는가 하면 그렇게 맘먹고 즐기고 싶은 책도 있거든. 음악과 커피 향이 그득한 카페에서 풍경의 일부가 되어 책을 읽을 때면 그 작은 사치로 난 참 행복하다는 생각이 들지. 내게 주어지는 조건만으로 좌우되는 것이 아닌 내가 스스로 만드는 행복, 거기엔 꼭 책이 필요하더라.

눈으로 보이는 것보다, 내가 가진 것보다 더 행복해지고 싶다면 너도 황금빛 드레스를 입은 그림 속 저 어린 여인처럼 책을 즐겨봐.

마리 로랑생 | 개와 소녀들 | 1923, 캔버스에 유채, 오랑주리 미술관

여자의 슬픔은 파스텔빛이다

|마리 로랑생 |개와 소녀들 |꽃병

어제 파리에 도착한 여자는 오랜만에 센 강가에 섰어. 많은 시간이 흘렀지만 센 강의 풍경은 그대로였지. 오래전, 젊은 그녀를 가슴 뛰게 했던 사랑이 그 아름다운 풍경 위로 겹쳐졌어.

그녀를 사생아로 낳은 어머니는 어릴 때부터 그녀에게 말했어. 너는 화가가 될 만한 재능이 없다고. 그림을 그리면서 유일하게 삶의 의미를 찾던 그녀에게 그 말은 일생을 두고도 후벼낼 수 없는 가시가 되었지. 열등

감에 시달리던 그녀에게 다가와 아낌없이 사랑을 부어주었던 '그 사람'은 재능 있는 젊은 시인이었어.

젊은 날의 추억과 사랑이 남아 있는 이곳은 알 수 없는 슬픔을 자아냈어. 그리고 그 아픔은 저절로 시가 되어 입에서 흘러나왔지.

지루하다기보다 슬퍼요

슬프다기보다

불행해요

불행하다기보다

병들었어요

병들었다기보다

버림받았어요

버림받았다기보다

나 홀로

나 홀로라기보다

쫓겨났어요

쫓겨났다기보다

죽어 있어요

죽었다기보다

잊혀졌어요

적국이었던 독일 사람과 결혼하는 바람에 프랑스 국적을 잃고 쫓겨났던 그녀가 이혼을 하고 다시 돌아온 파리는 익숙하면서도 몹시 낯선 곳이었어. 그곳에서 그녀는 완벽하게 잊힌 여자가 된 슬픔에 몸을 떨었지. 하지만 눈물을 흘리지는 않았어. 주먹을 불끈 쥐고 중얼거렸지.

—나한테는 그림밖에 없어. 그러니까 날 괴롭힐 수 있는 것도 오직 그림뿐이야. 그 어떤 것도 날 아프게 할 수 없어.

마리 로랑생은 그림보다는 시인 아폴리네르의 연인으로, 〈미라보 다리〉라는 시의 주인공으로, 또는 입체파 화가들의 뮤즈로 더 유명해. 하지만 오랑주리 미술관의 외진 전시실 한구석에서 그녀의 그림을 보고 독특한 화풍에 매료되었던 나는, 그녀가 남의 유명세를 통해서만 회자되기엔 너무 아깝다는 생각이 들었어. 그녀는 여자의 마음을 잘 이해하고 표현한,

유일하다시피 한 근대 화가인걸.

이 그림 속 소녀들은 모두 사슴 같은 눈을 하고 있어. 흰자위가 보이지 않는, 그래서 어딜 보는 건지 알 수 없는 그늘 가득한 눈은 순정하고도 서글퍼 보여. 마리 로랑생은 평생 이렇게 예쁜 소녀들만을 그렸다지.

물감이 번진 것 같은 모호한 색의 경계와 차갑고 투명한 색감 덕에 이 그림은 유화이면서도 수채화 같은 느낌이야. 마치 슬프고 아름다운 꿈을 꾸는 것만 같은 것도 그 때문이지. 개를 데리고 노는 그녀들만의 뽀얀 공감대에 나도 합류하고 싶어져. 그녀들은 여자만이 알 수 있는 종류의 외로움을 알아줄 것 같아.

그녀가 할머니가 될 때까지 이런 소녀 취향의 그림을 그린 이유는 단 한 가지, 아름답기 때문이었어. 피카소 들과 오랜 시간 어울려 다니면서도 끝까지 외계인만이 이해할 수 있는 그들의 미의식에 동화되지 않았지. 그 납득할 수 있는 미의식 덕분에 난 그녀의 그림을 보면 마음이 편안해져. 마음껏 꿈을 꾸어도 될 것 같거든.

내게 아침마다 차를 마시는 예쁜 창가가 생긴다면 그 옆에는 그녀가 그린 창백한 파스텔빛의 화병 그림을 걸어놓을 거야.

꽃병 ׀ 1922

르네 마그리트 | 빛의 제국 | 1954, 캔버스에 유채, 146x114cm, 벨기에 왕립미술관

내가 바라보는 게 그저 푸른 하늘이라면

|르네 마그리트 |빛의 제국

몇 년 동안 떠나 있던 서울에 다시 돌아와야 했을 때, 나는 집을 얻을 돈이 없었어. 집세가 싼 집을 찾아 아무 연고도 없는 동네까지 흘러가 하염없이 돌아다니던 그해 여름, 머잖아 세상에 나올 딸애를 뱃속에 품고 있던 나는 땀을 비처럼 흘렸어.

겨우 알맞은 집을 하나 발견했는데 집주인은 불뚝한 내 배를 보더니, 아기가 있는 사람은 시끄러워서 세를 들이기 싫다고 잘라 말했지.

발이 부어 더 걸을 수도 없을 것 같던 차에 마지막으로 한 집을 더 보게 되었어. 구불구불 좁고 긴 계단을 올라야 하는 꼭대기에 있는 집이었지. 집 안은 좁고 허름했어. 그래도 집세가 아주 싸고 더는 돌아다닐 힘도 없어서, 마음속으로 이미 내키지 않는 결정을 했던 참이었어.

그런데도 중개업자는 지친 내 표정을 불만으로 받아들였던지 서둘러 집의 장점들을 구구절절 설명해주었지.

"여기가 햇빛이 참 잘 들어요."

그가 이렇게 말하며 창을 열었을 때, 나는 초라한 집 안과는 전혀 다른 색깔로 펼쳐진 창밖 풍경에 적이 놀랐어.

집이 높아서 그런지 시야가 시원스레 뚫려 있고, 무엇보다 새털구름이 떠 있는 푸르디푸른 하늘이 박하지 않게 창문 가득 들어차 있었지.

"이 집으로 할래요."

그건 마지못해 한 말이 아니었어. 나는 정말로 그 집이 마음에 들었어. 집 안에 하늘을 들이고 살 수 있다니, 그보다 더 좋은 조건이 있을 것 같지 않았거든. 때마침 시원한 바람이 불어 들어와 땀에 전 내 얼굴을 식혀주었어. 그 순간, 나는 행복하다고 해도 좋을 기분을 느꼈던 것 같아.

이 그림은 르네 마그리트의 그림치고는 범상해 보이지. 사람 얼굴 한가운데 둥둥 떠 있는 파이프나 하늘에서 비처럼 내리는 중절모 신사들을 그리는 사람의 얌전한 풍경화이니 그럴 법도 해. 그런데 유심히 보면 집이 있는 풍경 아래로는 밤이고 하늘은 환한 낮이야. 애초 모르고 보다가 뒤통수를 얻어맞은 사람들은 종종 이 그림이 무섭다고들 하지. 온 세상이 대낮인데 나만 어둠에 갇힌 것 같은 공포감을 느낀다고.

그런데 나는 이 그림을 보면, 그때 그 꼭대기 집에서 가슴 벅차 올려다보던 하늘이 생각나. 발을 디디고 서 있는 곳이 도무지 끝날 것 같지 않은 밤에 잠겨 있다 해도 내가 바라보는 게 푸른 하늘이라면, 그래도 그 삶에는 빛이 있는 거잖아.

이 그림 속 하늘빛이 더욱 맑고 선명하게 푸르러 보이는 건 불빛을 밝혀도 소용없는 지상의 깊은 어둠 때문이야. 저 집이 일광을 눈부시게 반사하고 있다면 똑같은 하늘이라도 분명 평범하게 보였을 거야. 아이러니하게도 이 비현실적인 대비에서 어떤 진실을 보게 돼. 밤낮으로 계속되는 삶의 어둠을 겪어보지 않은 사람들은 하늘의 푸르름을 잘 몰라. 누구에게나 거저 주어지는 하늘이지만 자기만의 보물로 만들고 누리는 건 아무에게나 주어지는 특권은 아니지.

설사 어떤 저주로 인해 세상의 모든 빛이 피해 가는 집에 머물러야 하는 음산한 동화 속에 산다고 해도, 푸른 하늘을 올려다보는 것이 허락되기만 한다면 생각만큼 나쁘지는 않을 거야. 누군가의 삶은 그 사람이 지금 어디에 있느냐가 아니라 무엇을 보고 있느냐에 따라 달라지는 거니까.

내 슬픔도 오래된 책처럼 잠잠해지기를

|얀 베르메르 |물병을 든 젊은 여인

일자리를 잃고 머리가 복잡하던 날이었어. 머릿속 엉킨 실타래를 풀다 지쳐 고만 가위로 싹둑 잘라버리고 싶을 지경이었지. 집에서 생각만 많아지는 걸 못 견뎌 훌쩍 밖으로 나섰다가 나도 모르게 발길이 향한 곳은 내가 다녔던 학교의 도서관이었어.

오랜만에 찾은 도서관은 예전 그대로였어. 모서리가 누렇게 바스라진 오래된 책들과 신간들이 공존하는 서고 사이를 산책하듯 걸으니 마음이

얀 베르메르 | 물병을 든 젊은 여인 | ca.1662, 캔버스에 유채, 45.7x40.6cm, 메트로폴리탄 미술관

편안해졌지.

그러고 보니 대학 시절 내가 가장 좋아했던 장소가 바로 도서관이었어. 학구열이 지대한 학생이라서이기보다는 도서관 자체를 좋아했어. 오래된 책이 가득한 서고에 들어서면 세상을 다 가진 것 같았거든.

도서관이 문을 닫을 때까지, 나는 서가에 꽂힌 책들의 제목을 하나하나 보면서, 맘이 가는 책은 뽑아 뒤적이다 다시 꽂아두고 하며 한껏 게으른 '도서관 놀이'를 즐겼어. 붉은 저녁 햇살이 내려앉을 때쯤 캠퍼스를 나서면서는 그토록 날 괴롭히던 많은 생각들이 얼마간 사라지는 걸 느꼈지.

그렇게 며칠을 더 들락거리다가, 드디어 책을 쓰기로 결심한 나는 작가가 되었어.

이 그림에는 책이 한 권도 그려져 있지 않아. 그런데도 이 그림을 보면 마치 도서관 같은 느낌이 들어. 실내에 정적이 흐르고, 공기는 고요하고 맑을 것만 같아. 고민과 실망으로 그득했던 나를 잠잠히 안심시켜준 도서관처럼, 이 그림 역시 그 어떤 해답도 조언도 말해주지는 않지만, 스스로

답을 찾을 수 있는 휴식을 주거든.

그림 속 여인의 동작은 그리 정적이진 않아. 분명 한 손으로 창문을 열면서 다른 손으로는 물병을 들어 올리고 있으니까. 그런데도 여인의 모습은 아주 정적으로 보여. 말하자면, 여인이 창을 열고 물병을 들어 올리는 순간을 재빨리 포착해서 그린 게 아니라 여인이 창을 열며 물병을 들어 올리다 말고 어떤 생각에 빠져 멈칫하는 동안 그 모습을 천천히 그린 듯한 느낌이랄까. 내가 성질 급한 세상의 대로에서 갈피를 잡지 못하고 허둥대는 동안에도, 이 그림은 거칠게 경적을 울리지 않고 기다려줄 것만 같아. 아무 말도 하지 않고 그저 침묵한 채…….

알게 모르게 세상의 소음에 함몰되어 살다가 내 발자국 소리, 내 숨소리가 고스란히 들려오는 도서관에 가면 그 공기가 나 자신을 예민하게 인식하게 해주듯, 이 그림도 온통 주위를 정적에 휩싸이게 만들어 저절로 스스로를 의식하게 하지. 갖가지 슬픔과 잡념 들에 뒤범벅된 내가 아닌 순수한 나 자신을 말이야.

손과 얼굴 외에는 죄 가린 차림이지만 여인이 답답해 보이지는 않아. 그건 사각사각 소리가 날 것 같은 두건의 질감 때문일 수도 있지만, 무엇보다 저 창에 비친 찬란한 하늘의 빛깔 때문 아닐까.

책을 고르다 문득 바라본 창밖 하늘이 이른 겨울날 오후의 햇살처럼 보배로웠던 그날의 도서관 같은.

피에르 보나르 | 창 | 1925, 캔버스에 유채, 108.6×88.6cm, 테이트 갤러리

외로운 이의 찬란한 창가

|피에르 보나르 |창

그는 파리의 집에 있는 아내에게 편지를 쓰려고 창가 책상에 앉았어. 남프랑스의 아름다운 풍경을 담기 위해 떠나온 여행이었지만 집에 두고 온 아내 생각을 지울 수가 없었지. 그의 아내 마르테는 몸과 마음이 여리고 아파서 늘 그가 돌봐주어야 했거든. 사람들을 두려워하는 그녀는 그 어떤 난처한 일을 당해도 결코 타인에게 도움을 청하지 않을 터였어. 아내의 인생에는 그 한 사람뿐이니까.

무슨 말부터 써야 할까 골똘히 생각하다가 그는 새삼 창에 비친 바깥 풍경에 넋을 잃고 말았어. 왜 밖에 나가 그 속에 있을 때는 그저 범상할 뿐인 모습들이, 창을 통해 보면 마법처럼 아름다워 보이는 걸까.

그러고 보니 창을 통해 세상을 보는 건 그의 성격과도 딱 맞는 일이었지. 그는 사람들과 어울리는 걸 좋아하지 않았어. 그가 들어앉아 있는 집은 하나의 세상이고 우주였지. 한 사람의 외톨이로서 창을 통해 세상을 집 안으로 끌어들이는 것만큼 의미 있는 일이 또 있을까.

그는 당장 펜을 내려놓고 화사한 바깥세상 못지않게 찬란하고 아름다운 창가 풍경을 그리기 시작했어.

창을 그린 그림을 좋아하는 내가 그중에서도 가장 좋아하는 그림 중 하나야. 있는 그대로라기보다는 나 같은 사람이 좋아할 수밖에 없는 창의 미덕을 드러내 표현한 게 마음에 들어.

외롭지 않은 사람은 창을 보지 않아. 사람들과 떠들썩하게 어울리는 사람들에게 창은 그저 채광을 담당하는 기능적인 구멍일 뿐이지. 외로운 사람은 가만히 창가에 앉아서 창 너머로 보이는 삶의 모습과 시시각각 변하는 빛의 표정을 지켜볼 줄 알아. 거기서 생이 속삭이는 여러 가르침을 읽어 들이기도 하고, 더러는 짧은 순간일지언정 행복을 느끼기도 해.

맑은 햇살이 거리에 가득한 날, 누군가와 그 거리를 활보하는 사람이 있는가 하면, 그 사람들이 만들어내는 거리 풍경을 창으로 내다보는 걸 좋아하는 사람들도 있어. 아마 보나르는 후자에 가까운 사람이었을 것 같아.

나 역시 그런 사람이어서일까? 화려한 바깥의 삶을 누릴 줄 몰랐던 보나르가, 풍경에 창틀을 입히고 보잘것없는 실내의 사물들에 반짝반짝 빛을 준 이 그림에서 알 수 없는 위안을 얻어. 선뜻 찬란한 햇살 아래로 나서지 못하는 사람들만이 이해할 수 있는 내밀한 해방감.

창을 열면 풍경 대신 뜻하지 않게 건넛집 아저씨의 속옷 차림을 보게 되는 도시 생활에서 이렇게 창을 그린 그림 하나쯤은 가스레인지나 밥솥처럼 생활필수품 아닐까? 네가 아끼는 누군가가 새집으로 이사를 한다면 두루마리 화장지 대신 '그 사람만의 찬란한 창가'를 선물하는 건 어때?

빈첸초 이롤리 | 창가에서 | 캔버스에 유채, 68.2×68.2cm, 개인 소장

빗소리를 들으며 차를 마시다

|빈첸초 이롤리 |창가에서

사는 게 참 초라하다고 생각하던 시기의 어느 날, 오랜만에 만난 친구들과의 수다는 즐겁다기보다는 힘겨웠어. 같은 학교에서 별다를 것 없이 공부하며 지내던 학창 시절에서 각자 멀어져 온 삶이, 생각보다 참 이물스럽더라고. 헤어질 때가 되었을 때, 그날만은 같이 걸어가면서 또 이런 저런 이야기에 섞여 드는 게 싫어서, 있지도 않은 약속을 핑계로 그 찻집에 눌러앉았어.

손님이 몇 안 되던 차에 친구들이 우르르 빠져나가자 찻집은 마치 다른 장소인 양 조용해졌어. 좀 전까지는 관심도 없었던 창을 내다보니 언제부터였는지 모르게 비가 내리고 있더라. 사실 난 비를 싫어해. 게다가 그날 난 우산조차 없었어. 그런데도 그 순간만큼은 창에 떨어져 맺히는 빗방울이 싫지 않은 거야.

'그 애들은 지금쯤 비를 홀딱 맞았겠네.'

나 혼자만 보호받고 있다는 마음에 미안한 한편, 아늑하고 따뜻한 느낌이 들었어.

어느덧 실내에는 비 때문인지 더 그윽해진 커피 향이 가득 찼고, 구색을 맞춘 듯 잘 어울리는 보사노바의 리듬이 빗소리처럼 톡톡 가슴을 때렸어. 아무도 주지 않은 상처를 혼자 받았던 못난 마음이 토닥토닥 위로받는 걸 느낄 수 있었지.

이 그림의 주인공은 막상 그림 속에서는 잘 보이지도 않는 비야. 바라보는 것만으로도 바깥의 촉촉한 공기가 안으로 끼쳐 들어오고, 후드득 빗방울 떨어지는 소리가 들리는 것 같아. 뜰에 있는 꽃들은 비를 맞아 더 싱

싱해져서, 이 안쪽까지 은은한 향기를 내뿜는 듯해. 여자가 마시는 차는 얼마나 향기롭고 따뜻할까.

비는 곧 바깥세상과의 단절이야. 내가 비를 싫어했던 것도 그 때문이지. 그러나 달리 생각해보면 비가 주는 부드러운 단절감이 내가 차지하고 있는 공간을 한껏 즐길 수 있게도 해주지. 비 오는 날처럼 실내의 아늑함이 소중하게 느껴질 때가 어딨겠어. 그래서 그 공간을 차지하고 있는 내 자신의 존재감도 그 어느 때보다 강렬하게 다가오잖아. 비 오는 날에는 고요히 차를 마시며 앉아 그것을 즐기는 거야.

비를 마음껏 즐기며 홀로 차를 들고 있는 그림 속 여자는 행복해 보여. 설사 그녀가 불행의 모든 조건들 속에 있다 해도 그럴 수 있는 사람이라면 행복한 거야. 내가 비 오는 날을 햇살 맑은 날만큼이나 사랑하게 되면서 비로소 행복해진 것처럼.

콩스탕 몽탈 | 영감의 샘 | 1907, 캔버스에 유채, 525x535cm, 벨기에 왕립미술관

내 머리를 적셔줄 샘은 어디 있을까

|콩스탕 몽탈 |영감의 샘

브뤼셀의 벨기에 왕립미술관을 찾아갈 때였어. 서유럽의 다른 나라들처럼 당연히 안내 표지판이 있을 거라고 생각했던 나는 거리 어디에서도 그곳을 찾아갈 실마리를 얻지 못해 적잖이 당황했어. 영어도 통하지 않는 곳에서 내 당치도 않은 프랑스어 실력으로는 '실례합니다. 박물관이 어디죠?' 하고 물을 수만 있을 뿐, 당최 답을 알아들을 수가 없었지. 그나마 짜내듯 얻어들은 정보조차 모두 틀려서, 그날 난 낡은 신발의 밑창이 덜

렁거리도록 걷고 또 걸었어.

초여름 오후의 따가운 햇살, 남산 기슭 후암동 뒷골목 저리 가라인 언덕길, 빠듯한 일정이 주는 압력이 내 체액을 바짝바짝 마르게 하던 끝에 '찾아간' 게 아니라 '발견한' 미술관. 이 상태로 그림을 감상할 수 있을까 걱정될 만큼 녹초가 되어 로비로 들어섰어. 그때, 중앙 로비의 커다란 벽을 가득 채운 거대한 그림이 눈에 들어왔어. 한눈에 상징주의 화풍에 영향을 받았음을 알아볼 수 있었던 그 그림은 지치고 지친 나를 빨아들이듯 그 앞으로 불러들였지.

정체 모를 신비한 샘에서 물을 받아 마시는 신인(神人)들이 묘사된 그 그림 앞에 앉아 쉬는 동안, 거짓말처럼 내 몸과 마음이 회복되는 게 느껴졌어. 덕분에 문을 닫을 시간에 간신히 대어 미술관을 돌아볼 수 있었지.

그 그림이 없었다면, 나는 이 유명한 미술관에 모셔진 르네 마그리트의 그림들과 다비드의 〈마라의 죽음〉, 브뤼헐의 〈이카루스의 추락〉을 만날 수 없었을지도 몰라.

그때 나를 살려준 그림이 바로 이 그림, 〈영감의 샘〉이야. 르네상스 시

대, 교회 벽을 장식했던 프레스코 벽화와 비슷한 느낌을 주는 그림이지. 프레스코화는 물감과 섞어 회칠한 것이 마를수록 은은하고 부드러운 색깔을 가져. 프랑스 상징주의 화가들의 그림에서 프레스코화의 질감을 응용한 독특한 색들을 볼 수 있는데, 매우 부드럽고 안정적인 색들이 신비롭고 평화로운 느낌을 주지. 이 그림도 몽환적인 푸른빛과 황금빛이 마치 보는 사람이 선계(仙界)에 들어와 있는 듯한 기분이 들게 해.

그림 속 샘물은 주변을 감싸고 도는 생명력 넘치는 푸름의 근원으로 보여. 제대로 묘사조차 되지 않았는데도 샘물은 어쩐지 차고 맑을 것 같아서, 이 그림을 보다 보면 갑자기 갈증이 느껴져. 저 물을 마시고 나면 나도 내 인생을 바꿀 영감을 떠올릴 수 있을 것만 같아.

어불성설이지만 이 그림을 보고 나서 미술관을 찾아 나섰다면 난 그토록 낯선 길을 헤매지 않고도 무사히 도착할 수 있었을 거야. 사실 미술관은 내가 계속 오가던 길에서 살짝만 들어가면 되는 곳에 있었거든. 어처구니없게도 난 미술관 건물의 일부를 몇 번이나 보았으면서도 그때마다 그냥 지나쳤어. 빨리 찾아야 한다는 생각에 쉼 없이 돌아다니느라 저 건물이 미술관일지도 모른다는 추측조차 용납할 여유가 없었던 거야. 그때 한 스푼의 지혜와 영감만 있었어도 귀한 시간과 체력을 낭비하지는 않았을 텐데.

종종 가장 영감이 필요할 때 조바심쳐 가다가 지혜를 놓치고 말아. 어서 빨리 무언가를 생각해내야 한다고, 서둘러 무언가를 찾아내야 한다고 안달하게 될 때, 오히려 잠깐 고삐를 놓고 이 그림을 보렴. 복잡한 머리를 맑은 물줄기로 씻어내 줄 것만 같은 저 샘이 이슬처럼 살짝 답을 맺어놓고 흘러갈지도 모르니.

내가 좋아하는 것들을 모두 가질 수 있어

|앙리 마티스 |연보라색 드레스와 아네모네

—좀 쉬어가면서 하세요.

그의 아내가 차와 과자를 들고 아틀리에에 들어선 건 마침 그가 지친 모델을 쉬게 하고 있을 때였어. 남편과 조용히 눈빛을 교환하고는 이내 자리를 비켜주는 아내를 보고 모델이 빙그레 웃으며 말했지.

—선생님은 정말 특별하세요.

—내가? 나처럼 특별할 것 없는 삶을 사는 화가가 어디 있다고?

앙리 마티스 I 연보라색 드레스와 아네모네 I 1937, 캔버스에 유채, 73x60cm, 볼티모어 미술관

—그러니까 특별하다는 거예요. 다른 화가들을 보세요. 다들 술에 찌들어 살거나, 모델들과 문란한 생활을 하거나, 정신병원을 들락거리거나 하잖아요. 그런데 선생님은 그 연세가 되실 때까지 평생 아내 한 분과 사랑하면서 반듯하게 사시니, 제가 보기엔 모든 화가들 중에 선생님이 제일 괴짜인걸요.

모델의 말에 그는 잠시 말없이 생각에 잠겼어. 그녀의 말대로 그는 오랫동안 크게 어긋나지 않는 삶을 살기는 했지. 젊은 날에는 법률사무소에서 일했고, 그림의 길로 들어서고부터는 뒤늦게나마 아카데미에서 정식으로 그림 공부를 했어. 어느 모로나 기구한 천재 화가의 삶이 아닌 건 분명했지. 그가 순순히 인정하자, 모델은 그의 모범적인 삶이 무슨 죄라도 되는 것처럼 몰아붙였어.

—호수처럼 평화로운 삶을 사시면서 대체 작품의 영감은 어디서 얻으시는지 모르겠어요. 예술가들은 자신의 욕망대로 끝까지 달려보고 거기서 영감을 얻잖아요.

그는 모델에게 한 번 씽긋 웃어주고 말았을 뿐이지만 마음속으로는 이미 대답을 했어.

—아무래도 상관없어. 내 그림 자체가 영감이야. 난 그림 속에서 내가

하고 싶은 일을 다 하는걸.

옷을 잘 입으려면 세 가지 이상의 색을 쓰면 안 된다지. 화려한 장식도 하나로만 만족해야 해. 인테리어도 마찬가지야. 멋지고 세련되게 보이려면 내가 좋아하는 것 중 가장 좋은 것을 선택해야 하지. 욕망을 적당히 누르지 않으면 모든 걸 망치게 되는 게 세상 이치야. 그런데 마티스의 그림 속 세상에서는 그런 처세법이 다 무용지물인 것 같아.

이 그림을 봐. 그림 속 어디에 시선을 둬야 할지 모를 정도로 여러 가지 색과 무늬가 각각 제 목소리를 내잖아. 그 하나하나가 결코 밉지 않은 욕망을 담고 있는 것 같아.

—흰 줄무늬 연보라색 드레스를 입은 여자를 그리고 싶어.

—화려한 꽃이 꽂힌 꽃병도 그리고 싶어.

—색색의 과일도 그리고 싶어.

—주황색 줄무늬 벽지도 그리고 싶어.

—붉은빛 소파도 그리고 싶어.

그렇게 그리고 싶은 걸 한꺼번에 다 그려 넣었는데도 그림은 어수선하거나 천박하지 않아. 오히려 어울릴 것 같지 않은 예쁜 것들이 묘하게 조화를 이루어 하나의 아름다움을 만들어내고 있지. 꽉 차 있으면서도 답답하지 않은 느낌, 다양하면서도 혼란스럽지 않은 느낌…….

이 그림을 보면 가슴이 설레고 신나는 기분이 들어. 어린 시절, 내가 좋아하는 것들이 빼곡히 들어 있는 과자 종합 선물세트를 받았을 때처럼 말이야. 그래서 마티스는 순탄한 삶을 지루하지 않게 살 수 있었나 봐. 색을 전지전능하게 쓸 수 있는 자유가 있어서.

네가 언제고 파리에 가게 되면 꼭 퐁피두 센터에 들러 마티스의 방을 들여다봤음 좋겠어. 아름답고 자유로운 색깔들의 향연에 막힌 가슴이 뚫리는 듯한 해방감을 맛볼 수 있을 거야.

조지 프레더릭 와츠 | 희망 | 1886, 캔버스에 유채, 142.2×111.8cm, 테이트 갤러리

언제나 마지막 현(絃)은 남아 있다

|조지 프레더릭 와츠 |희망

중년을 넘기고 어느덧 머리가 희끗희끗해가는 한 남자가 울고 있었어. 그는 아주 힘든 이별을 하고 돌아오는 길이었지. 무엇 하나 제대로 풀리지 않는 자신의 삶에서 단 하나의 빛이 되어주었던 딸을 영영 품에서 놓치게 된 거야.

—고작 한 살이었어. 한 살이었다고!

작고 통통하고 보드랍던 손, 오물대며 아빠라고 부르던 앙증맞은 입술,

온갖 우주의 빛을 담고 있던 천진한 눈을 다시는 볼 수 없다고 생각하니 슬픔에 숨이 멎는 것 같았지. 아니, 차라리 숨이 멎었으면 했어. 심장이 뛰는 것도 아팠고, 호흡하는 공기조차 따갑게 느껴졌으니까.

그렇게 고통 속에서 하루하루를 연명하며 시간을 보내던 어느 날, 그는 새삼스럽게 깨달았어. 그래도 삶은 계속된다는 것을. 아무리 기막힌 삶의 잔인함에 부딪혔어도 너덜너덜해진 의지를 붙잡고라도 살아야 하는 게 결국 인생이라는 걸, 그는 인정할 수밖에 없었어.

그리고 그는 오랜만에 붓을 들어 그림을 그렸지. 지금까지는 다른 사람을 위해 그림을 그렸지만 이번만큼은 자기 자신을 위한 그림을 그렸어. 그리고 그 그림에 〈희망〉이라는 제목을 붙였지.

처음엔 미술관에 있는 다른 그림들을 보던 중 무심히 던진 시선으로 그림의 주인공이 구걸하는 장님 집시구나 했어. 나중에 제대로 눈길을 주었을 때 그림 전체를 떠도는 잿빛 공기와 공간을 짐작할 수 없는 배경을 보고 내가 한참 잘못 짚었다는 걸 깨달았지.

첫인상이 걸인이었을 만큼 처참한 모습인 저 맨발의 여인이 바로 '희망' 이라는 것을 알고 나서는 마음 저 아래 묵직하게 가라앉았던 무언가가 꿈틀거리는 걸 느꼈어. 그게 무엇인지는 정확히 알 수 없지만 점점 코끝이 아려왔어.

여인은 도무지 어디를 표류하는 건지도 알 수 없는 물 위를 불안하게 떠내려가고 있어. 그 와중에도 다 망가진 리라를 꼭 껴안고 단 한 가닥 남은 현으로 연주를 하며 그 소리에 온통 귀를 기울이고 있지. 그 처절한 모습을 보면 이 그림에 〈절망〉이라는 제목을 붙였다고 해도 그리 이상할 건 없을 것 같아.

그러나 가만히 생각해보면 그게 당연한 일 같기도 해. 희망과 절망은 한배에서 나온 쌍둥이나 마찬가지니까. 똑같이 고통으로 잉태되고 슬픔을 먹고 자라나는 희망과 절망이 서로 다른 본질을 갖게 되는 때는 운명에 의지를 더하느냐 그렇지 않느냐를 결정하는 순간인걸.

희망이란, 완벽한 범선을 타고 잔잔한 바다를 순항하는 게 아니야. 언제 전복될지 모르는 부유물에 간신히 몸을 의지한 채 자신을 구해줄지도 모를 음악을 연주하는 데 몰두하는 것, 그게 희망이지. 그래서 여인은 눈을 가렸나 봐. 자신을 둘러싼 거대한 시련에 정신이 팔려 아직은 선율을 토해낼 수 있는 마지막 현을 보지 못할까 봐.

와츠는 자기 안의 절망을 딛고 희망을 그려냈어. 그림을 그리는 동안 그에게 희망을 갖는다는 것은 그야말로 '희망 사항'이었을지도 모르지. 그렇지만 당시 많은 사람들이 이 그림을 통해 위로를 받았어. 그때쯤에는 와츠 자신도 그저 상징으로서 그렸던 희망의 성품에 대해 확신을 얻게 되지 않았을까.

언제고 내가 다시 세상의 끝에 서 있구나 싶어지면 이것 한 가지만은 기억할래. 희망의 여신이 가지고 있는 리라는 아무리 망가져도 반드시 하나쯤은 현이 남아 있다고.

그림 색인

60 **Sassoferrato** The Virgin In Prayer
– 1640-50, oil on canvas, 73×57.7cm, National Gallery

66 **Jean Pierre Cassigneul** Alice Au Bouquet De Tulipes
– 1984, lithograph, 48×65cm

73 **Henri Rousseau** The Sleeping Gypsy
—1897, oil on canvas, 129.5×200.7cm, The Museum of Modern Art

76 **John White Alexander** Isabella and the Pot of Basil
—1897, oil on canvas, 192.09×91.76cm, Museum of Fine Arts(Boston)

83 **John Singer Sargent** Madame X
—1883-84, oil on canvas, 208.6×109.9cm, Metropolitan Museum of Art

88-89 **Lawrence Alma Tadema** Expectations
—1885, oil on canvas, 45×66.1cm, Private collection

94 **Alfred Sisley** The Bridge at Villeneuve-la-Garenne
—1872, oil on canvas, 49.5×65.4cm, Metropolitan Museum of Art

98 **Hamilton Hamilton** Falling Apple Blossoms
—oil on canvas, 76.20×45.72cm, Public collection

104 **Vincent van Gogh** La nuit étoilée
—1888, oil on canvas, 72.5×92cm, Musée d'Orsay

108 **Gustave Caillebotte** Yerres, effet du pluie
—1875, oil on canvas, 81×59cm, Indiana University Art Museum

112 **Fritz Thaulow** Water Mill
– 1892, oil on canvas, 81.3×121cm, Philadelphia Museum of Art

118 **Guido Reni** Portrait of Beatrice Cenci
—c.1662, oil on canvas, 64.5×49cm, Galleria Nazionale d'Arte Antica

122 **Richard Gerstl** Laughing Self Portrait

—1908, oil on canvas, 39×30.4 cm, Österreichische Galerie Belvedere

126 **James Abbott McNeill Whistler** Arrangement in Grey and Black, no.1: Potrait of the Artist's Mother

—1871, oil on canvas, 144.3×162.4 cm, Musée d'Orsay

130 **Raoul Dufy** La Promenade des Anglais

—c.1928

136, 139 **John Everett Millais** My First Sermon / My Second Sermon

—c.1863, Watercolor, Guildhall Art Gallery

—1864, Watercolor, Victoria and Albert Museum

142 **Jean Édouard Vuillard** Au lit

—1891, oil on canvas, 73×92.5 cm, Musée d'Orsay

146 **John Everett Millais** The Bridesmaid

—1851, oil on panel, 27.9×20.3 cm, Fitzwilliam Museum

152 **Claude Oscar Monet** Coquelicots

—1873, oil on canvas, 50×65 cm, Musée d'Orsay

156 **Vilhelm Hammershøi** Interior

—1899, oil on canvas, 64.5×58.1 cm, Tate Gallery

160 **Frans Hals** Family Portrait in a Landscape

—c.1620, oil on canvas, 151×163.6 cm, Viscount Boyne

166 **Jean Honoré Fragonard** A Young Girl Reading

—c.1776, oil on canvas, 81.1×64.85 cm, National Gallery of Art

170, 175 **Marie Laurencin** Femmes au Chien / Bouquet

—1923, oil on canvas, Musée de l'Orangerie

—1922

176 **René Magritte** The Empire of Lights
—1954, oil on canvas, 146×114cm, Royal Museum of Fine Arts of Belgium

182 **Jan Vermeer** Young Woman with a Water Pitcher
—ca.1662, oil on canvas, 45.7×40.6cm, Metropolitan Museum of Art

186 **Pierre Bonnard** La Fenêtre
—1925, oil on canvas, 108.6×88.6cm, Tate Gallery

190 **Vincenzo Irolli** At The Window
—oil on canvas, 68.2×68.2cm, Private collection

194 **Constant Montald** La fontaine de l'Inspiration
—1907, oil on canvas, 525×535cm, Royal Museum of Fine Arts of Belgium

200 **Henri Matisse** Robe violette et Anémones
—1937, oil on canvas, 73×60cm, The Baltimore Museum of Art

204 **George Frederic Watts** Hope
—1886, oil on canvas, 142.2×111.8cm, Tate Gallery